独自过活

乔迦 著

武汉大学出版社

图书在版编目（CIP）数据

独自过活／乔迦著 . —武汉：武汉大学出版社，2021.8
ISBN 978-7-307-22410-0

Ⅰ . 独… Ⅱ . 乔… Ⅲ . 散文集－中国－当代 Ⅳ .I267

中国版本图书馆 CIP 数据核字 (2021) 第 123577 号

责任编辑：黄朝昉　　　　责任校对：牟　丹　　　　版式设计：凯文传媒

出版发行：**武汉大学出版社**　　（430072　武昌　珞珈山）
　　　　　（电子邮箱：cbs22@whu.edu.cn　网址：www.wdp.com.cn)

印刷：三河市京兰印务有限公司

开本：880×1230　1/32　　　印张：9.5　　　字数：172 千字

版次：2021 年 8 月第 1 版　　2021 年 8 月第 1 次印刷

ISBN 978-7-307-22410-0　　　定价：42.00 元

背对世界，独自过活

2007 年的夏天，我大四实习，在广州从五羊新城附近的一处公寓搬到员村的一处公寓。夜里两点，我从床上起来，一个人憋了一身汗把身下的木制双人床调换了位置。床头与柜子之间的空隙很小，如果不顺利可能会卡成六十度角上不去下不来，再挪回去更是不大可能，我当时不知哪里来的力气，生生要把床压下去，最后，果然压下去了，次日公寓保洁阿姨来打扫惊诧得很。

之所以提起这件十多年前的小事，大概在此中我的"执拗"可见一斑。"执拗"的人一般都比较单一，比较心无旁骛，不大容易被外界干扰。

而"受干扰"往往是我们的烦恼来源。我们观察周遭，对比旁人，然后再拿到自己身上套一套，发现自己好像格格不入，别人结婚了，别人买房了，别人出圈了一下实现了财务自由……一番对比下来，便心生失落。

前几日阅读苗炜老师的《文学体验三十讲》，他在里面提到德国女作家埃尔克·海登莱希写的短篇小说《背对世界》，苗炜老师的解读带着人文体恤，如果由我简单粗暴地阐释这个故事内容的话，就是——我管它世界翻不翻天，此时此刻，我只要你！

这句话的状态，大概是我的生活态度，或者上升一些说是我的生命态度，管它天翻地覆，我只要眼下快活。这很有对这世界以及一切伦常的背叛，但我认为，恰恰是这种背叛，让每个人成了他自己。在这样的结构中标注的世界是外在的，是工具，是环境，而"我"是大的，"我"可以随手关门把世界拒绝在门外。

这本书的书名叫《独自过活》，并不仅仅是说一个人的现实生活状态，"独自"的另一层意思是——世界是世界，我是我。也就是我们对"自我"的认知，从而堆砌起一个区别于外部世界的"自我世界"。从某种角度讲，它更像个生态完整能量充足的救生球，将我们从外界的干扰中隔离出来，甚至当外部世界发生巨大冲撞颠簸时，它依然能够安静运转。如同《背对世界》里描写的古巴导弹危机，大国对峙，一觉醒来柏林墙倒了……这一切，都是窗外的事情，窗内的一对男女不过沉浸在他们的爱与性里。

我想我是个很擅长"独自过活"的人，这种本领好像从小就有，但细细追问，会发现它的形成就是反复地与自己做伴、对话、问答，与自己共同生存并寻找生活的快乐和意义。

　　所以，从某个角度讲，我可能比很多人孤独，但我不认为这是个坏事情。我看过很多人给孤独定义，定义成可耻或高贵，我认为大可不必。孤独只是一个人的一项特质，有的人多些有的人少些，更重要的是我们如何看待"孤独"，是否惧怕它？如果你惧怕它，你该怎么办？如果你想与它共处，你又该怎么办？

　　"背对世界"不是与世界割裂，而是将外面大世界的程序输入自己小世界的程序里进行重新编译。每个人都有自己的编译手段，艺术、技术、绘画、音乐、创作、探险、工作、娱乐、祷告……观察、审美、情趣、体验、感受、接受意义也接受无意义——这是我的做法。这本书中的内容大体在讲这些事情。

　　我不认为背对世界独自过活会错过什么或有什么不完整，在我看来，很多"精彩"不过是未经审读的伪命题，但我相信，如果我选择背对世界认真地独自过活，我的时间会慢下来，我可以听到自己。

目 录

序

第一章

山里无人，无鸟雀，亦无小兽窜走，什么都没有，只有枯叶、细梅，和远远的几颗星，雪似薄糖轻轻地下着……

第二章

这是造物主别出心裁的安排，当一件对我们至关重要的事情在日渐削弱的同时，另一件对我们至关重要的事情同时也在日渐壮大，每个人最后都需要自己照亮自己。

第三章

兜兜转转寻寻觅觅无所依寄，唯有猛然抬头时发现如今与我对望的，依然是少年时的那颗星，那是在我们的生命中早早结识的。光亮是万年的光亮，而我们是瞬息的我们。

结　语

第一章

山里无人，无鸟雀，
亦无小兽窜走，什么都没有，
只有枯叶、细梅，和远远的几颗星，
雪似薄糖轻轻地下着……

冬　梦

　　北方的冬天若没有雪，北方人便好似被辜负了，心里憋闷，躁得很，跟南方人说不出这种体会，南方人觉得雪本就是稀罕玩意儿，看不见也没什么，但北方人可不是这么想的。

　　今年冬天的雪，倒是从南方来的，冬天还未深，西湖边儿上便落了雪，难得一见，自然好看，在杭州的友人拍了照片发到群里羡煞北方众人。然后四川也开始下，欢脱的四川人竟还卖起了雪人，挨到广东飘起雪花时，天寒地冻的东北"老大哥"终于看不下去了，我不要面子的吗？赶紧跟着下了两场。

　　京城倒很耐得住，全国各地由南向北，你下你的，我该刮风刮风，该遮霾遮霾，未见半丝雪花。

没有雪，人的精气神儿便减了一分，连腊梅也跟着无趣，漫不经心地开，漫不经心地散香气，因为没有雪，香气也稀薄，这雪便似等了一冬的公子玉人，生生不肯来赴约。

一直喜爱北方冬日的爽朗日照，对南方的阴潮深有抵触。但冬天，如果做梦，便是要交给南方。氤氲山地，浓雾烟霭，河水清洌未结冻，远处苍山近处木桥，静得入画。

北方的冬日里只有干裂的大地和晨昏往复的鸦群，它们白日游荡在近郊，傍晚时便一片片结队而来，虽是一景，但苦苦哀叫又随地大小便，实在称不上浪漫。

两相对比，南方人对于自家门前冬景的骄傲便高调起来，郁达夫先生更是直言，"说起了寒郊的散步，实在是江南的冬日，所给与江南居住者的一种特异的恩惠；在北方的冰天雪地里生长的人，是终他的一生，也决不会有享受这一种清福的机会的"。

北方的冬天？有冰雪还算好看，冰雪若不来，万物肃杀，一片干枯颓废之象，人在零下十几度二十几度里从头裹到脚无不笨拙，既没花红柳绿的景象也没花红柳绿的心思。南方的姑娘在冬日里，仍露着脚背、露着脚踝、露着一截腿，看起来自然时尚，倘若换作北方，你穿个加棉的打底袜，不管是深色还是浅色，纵然再造假，"棉裤"的感觉也呼之欲出，可怜北方的姑娘怎能时尚得起来？那些年纪尚轻的小姑娘，在呜咽的北风中仍倔强地要真真露出一截肉的，堪称勇士了。

今年的京城不仅没有雪，照往常一样，又是极干的。从南方带回来的两只竹节筒，明明盛了水插花，相继在夜里裂掉，睡得昏沉也懒得起身，任由筒子里的水顺着裂缝滴滴答答地淌。在成都时，一直觉得各小区里随处可见的毛竹颇有文人气，在北方的冬日里却是无法存活，室外太冷，室内太干，连养了数年的小榕树都一夜之间落光了叶子。

树下盆子里养的鱼倒快活，每日有大大的太阳，水草也跟着疯长，有一尾遗孤小鱼，母鱼生了二十四条，唯独活了它一个，如无意外，该是能顺顺利利长大的。另外一个盆子里，活跃四尾大鱼，由于太过活跃搅得盆底的石头哗哗响。一直想买方石槽来专门养鱼，只因太重搬动不便只得作罢，但心里始终念着，觉得粗犷的石槽和锦色的鱼才是绝配。

北方的室内过于暖，因为不够冷，便少了清雅之感。说来也怪，"清雅"这两个字唇齿之间好似就与暖是不相关的，定要寒凉一些，寒凉才衬得清雅，"暖"给人的感觉固然可亲，但同时又显得醉醺醺的。

南北方人总在彼此羡慕，南方人羡慕北方室内的暖气，北方人却又欣赏南方冬日里特有的清雅。

千里冰封万里雪飘的北方固然是好看的，但近年来雪越下越少，银装素裹很是难见，北方人便好似蜷着自己的焦躁，盼又盼不来，梦又梦不到。

很多个夜里，睡前我都将冬之南夜在脑子里细细憧憬一遍，有薄雪覆在尚未开的梅树上，山里的雪静静地落，四下无人，没人知道山里已落了雪，唯有涓涓细流仍在汩汩地自上而下地冲下来，水尤清洌，凝着提神的寒气。山里无人，无鸟雀，亦无小兽窜走，什么都没有，只有枯叶、细梅，和远远的几颗星，雪似薄糖轻轻地下着……

喜　物

到过我家的人都感慨我超能收东西，餐具、茶具、香炉、摆件儿、花器、首饰、花布、彩灯……几乎没有我不收的东西。搬家时，搬家公司的小伙子感慨："姐，你这一个人东西比人家一家人东西都多啊……"

十年以上的铅笔盒，十五年以上的毛绒玩具和珠玉，最久的，怕是一盒扣子的来历，很多来自童年时的衣裙。

我是个念旧的人，如喜欢落日的暖色，裹着，便心安。两枚银杏叶也要从千里之外的秋天带回来，框在相框里，摆在书架上。苏州的木雕、宜兴的茶壶、上海的碗、云南的石头、成都的花插、绍兴的酒提……每一件，背上几千里，颠沛周折地带回来，分散在房间各处，满满当当。

看很多人倡导——生活，要跟喜欢的一切在一起。说"一切"，有言过之嫌，器物，倒是最容易满足的了。

对色彩和质地的敏感，大概是因为小时候家里有布档，暑假时被放飞到母亲身边去玩儿，大人有大人的生意，小孩儿便无收无管地在小山样的包裹上跳来跳去，母亲回头看一眼，还要伏下身隐蔽自己。

喜欢屯小玩意儿，也是受母亲影响。由母亲一手构建的家中摆设，成了我最初的审美体验。复古的真皮沙发和羊毛地毯，为了显得不沉闷，纱帘和床饰几乎都用奶白色。记忆中有三样东西让我觉得惊艳，一样是挂在床头的紫色蝴蝶风铃，流光轻盈声音悦耳。一样是一块玉石钟表，比成人的巴掌大些，上面是表盘，下面反向卧着一位裸女，好看得总想摸摸，那时候十岁不到，在人前又不好意思。再有，就是母亲的一件紫色旗袍，金丝绒的料子，脖颈和袖口是黑色蕾丝的设计。但很少见母亲穿，大概只去参加别人家的酒席穿过几次。

父母因做生意，长年不在家，所以他们的房间便由我霸占。把自己的衣服塞进母亲的衣柜里，再喷上母亲的香水，拿出来穿的时候没觉得香，倒呛得很。

　　因是整个大家的长孙，便被偏爱。爷爷、奶奶、大姑、小姑、小叔都会买东西给我，姑姑们给买衣服，爷爷奶奶给零花钱，赶上爷爷出差去外地，还会带小玩意儿回来给我，小叔给买玩具和自行车。

　　所以，从小，我便清楚"礼物"这种东西很讨喜，它是一个人送给另一个人希望对方喜欢并因此开心的小玩意儿。它的另一层意思是用心，你要感知到对方是什么样的人，什么是对方欢喜的点。

　　之前在南方每次离开一个地方，便要送一些东西给当地的朋友，书架躺椅瓶瓶罐罐，也有格外喜欢的物件儿，便只得打包带走，邮寄过程中多有折损，但也舍不得扔掉。有一天我从一个盒子里掏出三个娃娃，我妹问我："姐，你这什么时候买的？"我说："十多年了。"我妹惊叹说："这跟现在的 SD 娃娃差不多嘛，十多年前的娃娃就这么好看了？"

　　年纪大了便也总不好买些乱七八糟的东西，便把诉求移向实用。收一套设计师做的水砂蓝大象、小象、台座、壶承、杯子，花盘拿来供佛，清了书架的第一层，铺了黄绸，插上一小把风干芍药。把苏州带回来的一把极小的装饰性的小石壶也用上，偶尔从阳台上剪一枝新鲜的花朵插进去。

另一把勿忘我做成短束，配在自己黏的马赛克玻璃圆罐里。一到冬天就想做手工，或许因为少出门，或许因为那些色泽鲜艳，前前后后黏了十来只灯罩，留了三只自己用，其他的送人。阳台上每晚亮着另一盏灯，灯身是白纸，骨架是细竹，四面各有树枝做点缀，买来后因嫌单薄，在上面手写了几句穆旦先生的诗。

陶瓶、瓷瓶、玻璃瓶在阳台的桌子上堆作一堆，实在放不下，打包的箱子里还有未使用过的新碗新碟儿。四月母亲在京的时候，给我买了方矮矮的实木小凳儿，上下挂衣服，天儿好坐着晒太阳。

书、本、笔、纸、画多得没处放，便隔三岔五想起来拿出来三两送人。多年前有位画画的朋友，当时年少，两人定下约定，每到冬天赠一幅画给我，岁月杳杳，收了几幅后彼此也都没了热情，最后一堆画儿堆在阳台上。

很多人诉求活得精致，我倒很惧怕这两个字，总觉得太过纤细，经不得摔打，反倒喜欢那些粗犷朴质，束得高阁也垫得桌脚，高高低低大大小小，没了精与不精的比较，没了值与不值的比较，只剩天然的喜好，和一时兴起的活用。我很认同一个观点——再精致的东西，总是要用起来，舍不得用，便是不值得。

物欲的最终目的是活用，再金贵的东西终究是死的，况我等凡俗小物又不是要进博物馆，更应大大方方热热闹闹用起来，有用时，移至案台，无用时，堆到墙角。

不挑、不弃，不因喜新而厌旧，也不因念旧而疑新。

简简单单的随手充盈，便是我喜欢的生活。

山　行

　　喜欢爬山，专注，安静，仿佛是与自己最贴近的时刻，不受外力干扰，或上或下，你也不会寄希望于其他人，只能靠自己。走走停停，喘喘气，吹吹风，鼓励自己几次然后撑到山顶。我觉得这是陪伴疏导自己的一个过程。

　　住的地方在西四环，西五环外便有很多山，一个人觉得闷的时候就会去走走。

　　在中国的传统文化里，山占有相当高的比重，山中多精怪、多妖魔、多传说也多神仙。《西游记》里的玉面唐僧多次被各种小怪掳到山中去，《水浒传》里武松借着酒劲儿打了虎过了景阳冈，就连观音菩萨得道前都要一路叩到须弥山去，西岳华山更是金庸先生笔下各路英豪的论剑之所。可见，山在世人的心中早就引申出了"破关""奇遇""克险"的意思。

小时候，乡下没什么读物，更别谈什么图书馆，除了大人给买的故事书、作文书，最痴迷的是一本谍战书《白牡丹行动》，再有就是家中佛龛旁放着的关于观音菩萨得道证法的各种传说。十二三岁的年纪，偷偷看了几本江湖恩怨儿女情长的书，长大后才知道，那是金庸和梁羽生的杰作。也曾像模像样地看过《山海经》，却翻不过几页，大多数的字都不认得。

记得晓松老师多次提过自己不喜欢中国的山水画，因为没有颜色，看不出是晴天，永远阴沉沉的。出于对中国传统文化的偏爱，我倒一直喜欢山水画，没有太阳，但有雾霭村庄，有薄暮烟渚。静里带着风声，像《刺客聂隐娘》里的求生和杀气。

静，换个角度讲，或许是盛大的强烈的平衡组合。修行之人讲"静修"，修的或许便是如何将这盛大炽烈消音，各安其位，将焰火从红色变成蓝色。

喜欢进山，因为山与寺不分家。

古刹，古树，苍松翠柏，香烟袅袅。

曾写过一篇《烧香》的文章，大意是说，人在年轻力壮之时是什么也不信的，因为太过自信一己之力，直到历了一些事，知道人生之事，更多不在自身掌控。便生出许多疑问，到底是什么力量在编排？

或有神佛，或有因果，总要有一个原因才能将自己所遇之境解释掉。人与动物最大的不同，或许正是人在求生之外，还必须有一个解释，才能心安。

归因有外力，便因此生祈愿。有祝祷有香火。

喜欢寺院里的香火味道，从小就喜欢，常在各处寺院的石阶上坐着晒太阳，修"空性"是不敢谈的，只是在彼时彼地，觉得自己细若沙尘，所谓生，不过是个过场。

盛夏时，去竹海，山石相下，细淙潺潺，为了省力脱了不方便的凉鞋，还是走得两股战战。路上贪玩儿耽搁了时间，又绕了些弯路，下来时已经不见行人，天色暗下去，月亮爬到头顶上，耳朵里满满灌了蝉声，跟朋友一边喊累一边玩笑。

布景灯暗得很，看不到路标，两个人走得不知今夕何夕今年何年。想想那些旧时在星夜赶路的人，真是大胆。

朋友说："你说还有其他人吗？"

我说："不知道啊，要不你喊一声？"

两人嬉笑着只能硬着头皮继续走。

或许，这就是我喜欢进山的原因，或上或下，没有"喊停"这么一说，也没有"求救"这种便捷，你必须靠自己，必须说服自己克服困难，除了风景，把所有心思都压在自己身上，专注，行进。

月亮越升越高，山风习习，云朵连成一片顺着风向飘移，深深浅浅如梦似幻。

朋友抬头赞了句"真好"，我点头。脚下，继续行下去……

不烧香的寺院

　　一到年节，中国人就开始恢复自己的传统，一下子显得好似又"迷信"起来，送灶王爷、除尘、宰鸡、奉供、除夕守岁、破五……如此种种。或许更早些，只要时间一进腊月，现代人便开始自动转回到旧历年的轨道里。

　　我与一位朋友，以及她的爱人，三个人2021年都是本命年，本命年十有八九都不是很顺畅，于是便格外上心早早准备起来。朋友说一起去寺院求个红绳儿吧，再烧香拜拜，我说好。结果雍和宫因为疫情关系已暂停对外开放，我之前去过的白云观也已暂停对外开放，于是商量决定去八大处。室内各处因疫情不能烧香，香客便少很多，好在八大处还有公园的作用，不至于太冷清。

大多数中国人从小是在寺院氛围下熏陶着长大的，哪怕两三岁的小孩子都知道要求菩萨保佑帮帮忙，我始终觉得人向神佛祈祷是件可爱的事，哪怕向鬼怪祈祷也是，说明人知道自己的有限，于是在自己的有限和无奈下，希望一些不可名状的外力帮帮自己，这种发心就是可爱的事。

一个不管平日里多么叱咤风云的人，只要他开始祈祷，当下那一刻他就变成一个无力的人。"无力"是需要我们释放和散发出来的东西，否则一直硬邦邦地扛着，做人便太辛苦。但人又不能一直散发无力，因为每个人都活自己的人生，旁人没有能力和多余的精力来搭救照拂你，所以更多时候，我们要蓄积力量，让自己生长。极少时刻，我们体现这种无力感，在众神面前，像个无措又无力的孩童，虔诚祈祷。

往常各殿都开着的时候，要从二处开始烧香，二处最为鼎盛，因为里面常年供奉的是佛牙舍利，所以往年每逢年节基本上熙熙攘攘，往上走是三处，三处供地藏王，司地狱六道众生，曾发宏愿"地狱不空誓不成佛"，今天我们看宗教众神佛犹如传奇神话，但若根据法典记载，这些人或许都在这世间真实存在过，如此想想，一个发此宏愿的大德之士怎不让人感动？

　　前几日刚好看到一篇文章，写的是日本僧人望月崇英，他常年伫立在银座四目丁的街口，为普天之下所有的陌生人祈福。如果以世俗角度，这种行径或许看来不可思议，即便同是修行之人中这般行径也是少见。这样一位高德僧人却死于新冠病毒感染，身后留下的是那些曾遇见过他、记得他、得知他的凡俗众人的缅怀感召，这便是修行人与凡俗信徒的不同，后者求的是自身福报，而修行之人首先应放下的便是自身得失毁誉。

　　同日新浪微博上热搜中的一条消息是在医院里恶意杀害陶勇医生的人被判死缓。陶勇医生在一条短视频中称"2020年在这个地方发生了我不太想回忆的东西（被恶意砍伤），但是发生了更多这辈子我永远也忘记不了的东西（众多网友的关心和祝福）……无论经历什么，相信光明，就是福"。这世上诸多美好之人，如一棵棵静默坚忍的树木般存在，人们可能千万次路过但从不曾注意，直到某个契机，这棵棵树木变成火炬，给了众人光亮、方向和温暖，无论你在现实中有没有真正遇见过他，但他已经照耀了你。

　　四处供的是弥勒佛，很多人爱拜弥勒佛因为弥勒佛是未来佛。而今，因疫情都关闭，以为无处烧香了，听旁边人说再往上走六处开着，也只开着六处，便到六处烧香，除烧香之外还可以买铜钱儿砸平安钟，我平日对这些本是不感兴趣的，却听见一个小男孩儿把钟砸得叮叮咚咚很是好听，便也试了试，结果手法太差，三十个铜钱儿也就砸中三四次，我跟朋友感慨说这技术实在不行，朋友说，得像小朋友心无旁骛，我倒没什么愿景，只觉得手上力不从心。

烧过香，两人一路闲话置办年货的事走下来，空气清冷，内心轻盈，倒觉得安心。又走到二处时，发现一位藏僧远远地在对着关闭的舍利塔伏地跪拜，心下猛醒——佛不住相，佛不在那里，不在雕像里，不在殿堂中，不在香火中，它是善念是智慧是仁爱，它就在每个人的心中。

春　夜

最好的春夜大概在夜幕完全笼罩之后，两个人偎在自家的沙发上看投影，阳台的门窗都开着，微醺的春风顺着窗沿懒洋洋地爬进来吹过脚底板。

或者一个人趴在露台的栏杆上喝酒，看着街上车水马龙，长路灯下树影婆娑，年轻的小情侣打打闹闹。

一种是世俗的浪漫。

另一种是旁观世俗的浪漫。

因为发生在春夜，就如带着诗意进了镜头。

曾写过一篇没有写完的小说，里面的主角女孩儿叫"春宵"，任性、肆意、张扬、美好，是我喜欢的年轻女孩儿的样子，最后没有写完，因为给她一个合适的结局是很难的，安稳收场则俗套，一路张狂却又不现实。很多时候，故事里的女孩儿在谈恋爱，其实，她不是在选男人，而是在选一种往后余生的态度。因为哪个都不合适，干脆，没有写完……

二十多岁的时候，喜欢听故事、看故事、写故事，忽然有一天，不知怎地，对故事就开始疏远起来，喜欢开场，喜欢某一段场景，但不喜欢结局，无论哪一种结局都觉得不真实。抱着怀疑的态度，便写不了故事，索性也就不再写了。

但还是把"春宵"这样的名字给了故事里的女孩儿，足见我对她的喜爱，但同时另一层意思是"不长久"，美好、热烈的东西大多不长久，这也恰是它们显得格外珍贵的地方。

不知是什么样的根因，让我从很小的时候起，就懂得"离别"这件事，并且一直在为这件事倒计时，也由此，好像早早明白缘分的聚散。

开得迅疾而繁盛的一树又一树的桃花、樱花、玉兰、海棠……结在枝头或随风散去都是它们的使命，因为这样觉得，便少了许多"无可奈何花落去"的伤感。

刚刚听见夜间的电台里播着村上春树的一篇散文，大抵是说人到中年就快活了一些，比年轻的时候高兴了一些，一方面是变得淡然，而另外一层意思则是变得迟钝。他说，这是没有办法的事情。

记得有一次跟好友闲聊，我说我做了一个特别悲伤的梦，醒来后很开心，她问我因为庆幸是梦吗？我说，不是，因为在现实里已经太久没有过"心碎"的感觉了。听起来好像有些矫情，但中年人大抵能明白这种心情，有时候"没有难过"也是一种失落，当然，我们也并不允许失落太久，大概就那么一小下。

"春夜"这种特殊的气氛，是会把这种失落感放大的，也就是人们常说的"伤春"，它的绵软和慵懒会让人放松警惕，离自己本能的生理属性更近一些，由此，它便显得暧昧而特别。我总是在春夜里想到过往的人和事，那些热烈灼烧过的故事，或者更早一点，我会在春夜里想到故乡泥土的气息。

我深信人的身体是自带记忆码的，在某个时刻，声音、光线、气味、温度、湿度，这一切条件刚刚好的时候，记忆码便会打开，过往的感受会再次浮现。春夜大概是让"往日重现"的最佳时机，很多故事注定要发生在春夜里。

去年春天母亲在京，买了铃木常吉在国图艺术中心公演的票，向来不是个把情感表露在外的人，只是想在那样好的春夜里，有母亲静静坐在身边，这种时刻，于她于我都稀有而短暂。可惜，她还是忙碌，没有等到演出的日期就回家去，于是邀请了一个文艺的年轻姑娘一同前往，记得那天姑娘特意穿了条蓝丝绒的裙子，我们站在楼下看露台上的年轻人，一个个探出脑袋，真好。

演出并不盛大也不热闹，想必很多人跟我一样，之所以来不过是因为一曲《深夜食堂》的主题曲，其他时候，并不知道这几位表演者。我平时会习惯性自动播放一些轻音乐，或者是外文歌，因为隔着语言和文化的差异，所有信息在其中滤掉，对于音乐单纯的喜好会更加敏锐而直观。

同去的年轻姑娘说，不大能明白他唱的是什么，不大明白那种感觉。我说你看他的年纪，你可以听出他记忆里的青春，有那种小巷、工厂、泥水路的质感，你可以想想我们这的八九十年代光景，也许，那就是他的青春。

散场后，姑娘说，你真是我认识的人中很文艺的了，是那种真正的文艺。

我站在路边的长灯下失笑，反复思索"文艺"这两个字的意思。在二十岁的时候，它是一种喜好或者一种状态，甚至是一种自以为的姿态，慢慢，这两个字就消失了。取而代之更有趣的，是对日常的感受力，如果一个人的感受力格外敏锐，你不得不说这个人是文艺的，因为他（她）在用整个身心过活。

或许，这便是我迷恋春夜的缘由。在我尽力保持理性、疏远的灰色转向中，它会偶尔将我拉回来。在某一刻，我又变回了那个喜欢听故事也喜欢写故事喜欢相信故事的我，尽管，它是短暂的，一闪即过。

下　厨

　　前几日在网上看到鲁迅先生当年的每日菜单，网友惊呼"太豪横"，夫妇二人即便在不宴客的情况下，每餐至少三个菜，两荤一素，外加汤食，菜品也颇为讲究。我倒不大关注先生的菜品有多豪，倒是截图下来几张，打算日后有时间试一试。

　　之前写过一本《好好地吃一朵西蓝花》，整本书，都在写吃食与人情，可见当时我对"吃"这件事有多上心，现在回头看，大抵因为那时候年轻，身体对于口腹之欲的需求强烈，再看今天的年轻人，也是如此。但这其实只是一个阶段，等到不大能吃得动了，这种对食物的热情也便消减了。

正因如此，我也不再像数年前一样喜欢泡在厨房里，那时候甚至觉得酱醋茶与诗酒花并重，而今虽也偶尔表这样的态，写这样的句子，但仔细想想，其实不大现实。数年前我会花几个小时煲一锅汤，然后在厨房慢慢等着，看着外面的榆树、蓝色的火苗，那样也觉得时间静好，而今再想，已无当时心境。

还是会数小时煲一锅汤，但基本放在自动汤煲里，不必再多费什么心思，时间一到自动提示，也算是解放了一部分精力。

朋友到我家，都喜欢我下厨，其一因厨艺还可以，其二因我手快，前几日做年夜饭，拉拉杂杂算一起十个菜竟也只用了一个小时左右。

细想之下，大概我对时间的概念变了。数年之前，我觉得慢慢地等着时间，是个很享受的事，而今，会觉得充分地利用时间，是个很享受的事。年轻时候，没那么多庞杂心思，也没那么多可忙的事，而今，什么都变得重要起来，一旦重要就要花费精力维护，由此时间便金贵起来。

但时间金贵，不代表敷衍了事，反而是要在有限的时间内，依然把事做好，有了这个准则，便要改变方法，由原来的不计效率变成高效，久而久之，也便习惯了。

如果拿时间换算一下，比如之前一个小时做饭，半个小时吃，那我现在更愿意，半个小时做饭，一个小时吃。

有一次去朋友家做客，朋友特意为我包了包子，我一口气吃了四个，朋友惊叹这不是我饭量啊，正常我也就吃两个，我说："是啊，你忙活了三个小时，我吃两个怎么过意得去。"这便是对时间的重新计算，如果时间倒回，我是绝对想不到有一天我会计较做饭时长的。

也就是说，人享受的东西，其实是会发生变化的，因为角度会变化。

下厨有下厨的逻辑，怎样高效、怎样更省力，不是去看菜谱，而是对这背后逻辑的敏感，比如什么跟什么搭在一起味道更好些，什么菜配什么料味道更好些，什么菜是用大火，什么菜用小火，什么时候用冷水，什么时候等水烧热……朋友之所以喜欢我下厨，正是因为我做菜从不按菜谱，也不是别家司空见惯的做法，总是一时兴起就来一盘，但并不是没有思量。

我想我的敏感，也应用到了下厨这件事上，比如对食材和调味的直觉，正因如此，我有个原则，不会到别人家下厨，因为对于别人家的食材和调味不了解，对人家的锅人家的火候器具吃水度都不了解，这太容易失手，就算不失手做个七十分，不如人家真主人胜券在握做个九十分，菜更好吃，皆大欢喜。

为此，我也并不很喜欢别人到我家下厨，理由同上，并不是厨艺高低的问题，而是谁的主场谁便更有把握。除非对方事先会研究下我家的调料我家的锅我家的火，但迄今为止，一个也没有。

近几个月开始腰痛发病，下厨就要求更"高效"起来，倘若说之前我还有时间和精力在厨房里磨磨蹭蹭度过半日，如今，是真的没有这样的闲情了。

或许，只是因为身体不再像年轻时灵活好用不怕累了，由此，也便懒了。再加上胃口和口欲都大不如前，对吃的事，也便没那么上心了。

北 方 北 方

　　北京的温度一下降到零下十七度，往年在房间里穿半袖即可，今年因室外的冷竟要穿上一层薄棉，腰身不听使唤，为了防止近日一直反复发作的腰痛再复发，防患于未然先贴上发热止痛贴，跟朋友开玩笑说下楼去丢个垃圾好像是"出征"一样艰难，带着面对生死的勇气。

　　同事说，北京很少有这样刮得跟小刀子一般的风，我便想，这小刀子一样的风，对于从小在东北长大的我其实并不陌生。小时候冻得手也黑黢黢，脸也黑黢黢，印象最深的是蹚过雪的雪地棉到教室后开始湿掉，于是脚尖便像被猫咬一样，又冷又痒。当然，"被猫咬"是个说辞，我一度猜想这说辞从哪里来，被猫咬到底什么感觉？但不得而知，只是大人都那么形容，于是，小孩子也学会跟着这样形容。

南方的朋友问，怎么会是蹚雪呢？不是踩在脚下踩实了就可以打滑儿了吗？那是小雪，东北的大雪可不是容你踩在脚下拿来打滑儿取乐如此不尊重。小时候人也小，上学路上的雪轻轻松松就漫过小腿快到膝盖了，小孩子贪玩，撒欢儿似的在雪地里蹚，蹚到学校缓一会儿，兴奋劲儿一过，就只有脚尖"被猫咬"抓心挠肝的感觉。

而今想来，冬天里还能骑着自行车去集市上采买的人，真的是勇士了，且需要车技一流。我一位南方朋友的家人跑去黑龙江看雪，下午人刚到，傍晚脚就崴了，肿得老高，朋友跟我感慨说："唉，我们南方人还是不能自己去玩儿，得有你们北方人做向导。"

网上有很多形容，对比南北方不同模式的冷，大伙儿说北方的冷是物理式的，只要你多穿把自己裹成熊就暖和，而南方的冷，是魔法级的，你就搞不明白怎么它就莫名其妙地往骨头缝里钻。没有互联网前，南北方彼此信息匮乏，南方人在自己的冬天里冻得生冻疮，想想北方人更惨，冰天雪地可怎么活？

咬咬牙便坚持忍耐，而彼时，北方人却在热烘烘的暖气房里快活得很。

这便是南北方冷的差异，南方人在持续的低温里人的身体本身已经感到寒凉了，到哪儿都一个温度，所以没什么外部的借力能给自己加点热，除非晒太阳，赶上在阴冷潮湿长年不怎么见太阳的地方，那真是持续的低温煎熬。但北方的冷，是出了门冷气才扑上来，人在家里时身体是暖烘烘的，只要出门前把自己裹个足够严实让这热短时间内不散出去，人体就还是感觉暖和的，所以，别跟东北人提什么冬日里的时尚，毕竟，保暖保命才是第一位，当然，如果非要说的话，那就是穿貂儿。

南方人到北方只是觉得干燥，但相对来说还算好过，尤其在房间里。我原来有位湖北的同事，她到北京工作之前从小到大年年都要手上生冻疮，直到来了北方，她感慨没想到你们北方冬天竟然这么好过，一个北方的同事接话开玩笑说："是不是忽然就过了好日子？"而北方人到南方去，是较难挨的，这里有着北方人对于低温的天然轻蔑，看看温度零上十度呢，那叫冷？于是风流潇洒地去，不出一日，却被冻得哆哆嗦嗦，心下感慨，这怎么比北方的零下还冷呢？可见单凭温度这个东西判断，还是太有欺诈性。

想起读大学的一年，赶上东北六七十年一遇的雪灾，一场大雪，停了之后发现厚的地方已经封门了。我记得很清楚，因为那天是返校日，我从火车站出来时天上刚开始扬雪花，当时是下午三四点钟的样子，五六点钟已下得有半尺多，等到晚上七八点，就算到站的学生也大多阻在站前找酒店落脚，十多公里的距离，大雪里，却是回不来了。夸张到什么程度呢？车主们只好把车留在马路上，弃车回家去，如果干耗下去，恐怕要冻死。等到第二天，市政通过移动、联通统一给市民发信息，通知车主们把遗留在路上的车认领回去。

有返校途中上了高速公路的同学，雪下得太急，只能中途停车，出不来也下不去，于是沿着高速临近的乡里乡亲开始拎个背包去兜售方便面火腿肠榨菜卤蛋鸭脖子，据亲历的同学事后讲，场面颇为壮观，又沮丧又好笑。

谁能想到平日两三个小时的车程，一场大雪，就封了一天一夜呢？那时候还没有微信，堵在路上的同学发信息给我时，我还趴在宿舍床上正感慨难得见这么大的雪，真好看。

人在舒适一些的环境里习惯了，身体就娇贵起来。作为一个离开东北十多年的人，身体里早已没有了御寒的真气，连今年北京冬天的温度都颇有些受不住，于是身体开始到处犯病，我跟朋友开玩笑说，上了年纪，你就感觉自己的身体是所老旧房屋，哪里都冒风，修修补补艰难求活。

其实，我是热爱北方的，爱它的冰冷寒彻，冷到万物通透，冷到一切脏污都消散只剩干净，那种冷是顺着鼻子吸进大脑的瞬间清醒，是时刻提醒无法混沌暧昧的孑立孤独，是一个人，立在冰天雪地中，头顶是轮亘古清澈的白月亮。

但或许正因这种热爱，我有些惧怕北方，它一旦开始冷起来，我的心思就越来越消沉，倘若加上身体又出问题不听使唤，那真是满心哀绝。所以，我心底总隐隐想着以后去东南亚生活，那里湿热温暖，一切磅礴茂盛，在如此热闹的环境中我或许容易开心一些，只是，我也很是知道，我会一直思念我的北方。

习　　得

不是个羡慕他人的人，但有两件事不会倒觉得遗憾，一件是不会写毛笔字，一件是不会画画，所以生活中每每遇到会写毛笔字会画画的人，对对方的好感都会加分。之前逛琉璃厂的时候，被店家怂恿进门买了毛笔，买的时候我说我不会，店家说，练嘛，你小小年纪，写个十年二十年总能写好。

大受鼓舞，人在很多情形下就是这样，因为是"心头好"便失去判断，女人买裙子的时候觉得紧，跟自己说很快能瘦下去，冬天买夏天的衣衫，跟自己说夏天就要到了……我买了毛笔，在网上又买了字帖和纸，墨汁购了四盒，随便在街上走着看着一个圆瓶都觉得插笔正合适。也买了许多描字的诗文和经文，家中小表妹是练过毛笔字的，跟我说："姐，你要真想学就一笔一画好好学，这种描字的只会耽误你。写毛笔字难的是写慢不写快……"

我是个兴趣广泛的人，却又是极没耐心的人，一笔一画这种磨性子的功夫，我很清楚自己是做不来的。我家楼上住了一名正学琴的小朋友，每到周末便反反复复在家弹一首《小红帽》，每次我都在心底暗暗感慨这真是个好孩子，换作我，反反复复让我弹这么一首曲子早不学了。细想一下，"学"跟"习"是两件事，我空有好奇心驱使的"学"，却极匮乏水滴石穿的"习"字功夫。都说师父领进门修行在个人，这个"在个人"，其实指的多半是"习"。师傅教的是一样的，没有额外给谁多指点，弟子靠自己去"习"，习熟了便行云流水甚至再创造，习不熟就只能反复困顿在基本功阶段。

我们从小学的那些坚持的精神，其实，就是"习"，但我很清楚自己是个没有耐心的人，从小便知道。小时候硬笔也写得不好，因为我写字慢，同学写完就可以放学回家，写不完的就被留校，一直写完才能走，我便索性龙飞凤舞照猫画虎囫囵一番。记得那时候的作业都是抄几遍，有的同学发明同时夹两支笔写，甚至有厉害的可以夹三支笔一起写，但第二天多是被老师将作业打回来数落一番，并明文禁止此等操作。

　　记得学生时代还流行过一段拿尺子卡着写作业，也不知哪里来的风气，想必是孩童们觉得学习实在太无聊了，唯有想方设法翻些花样瞎折腾。我们班上有一名女同学，肤白貌美的回族小姑娘，她写字不用尺子，却写得极工整，像铅字打印的一般，老师总拿她的作业夸赞。我的临摹之路，便由这名女同学开始，我拿她的作业学她的笔迹，写了几遍之后，几乎可以以假乱真。自那之后，我写字才稍稳一下，不再像走路跌了，但也不是常态，为了写得快我恨不得在作业本上画直线。

　　小学五六年级到初中，描了几年硬笔的字帖，也是有一搭没一搭，别人字写得好看，一出手就能看出练过，我的字，用当时语文老师的批语讲是"浪得很"，跟人一样不安稳。

　　本就没什么目的，后来也就不练了，任其自由发散。

　　高中的时候迷上画画，画了好几本，在纸上画不过瘾，又在鸡蛋上画，在木头上画，在石头上画，那时堪称班里的"手艺人"，好多女同学从家里带鸡蛋来给我画。成绩不算好，老师也懒得管束，有开明一些的老师倒是跟我讲不如去考鲁美，包括我的班主任，那时我对服装设计、舞台设计、室内装潢设计都感兴趣。没想到过几天我爸来了学校，老师们全体倒戈，用今天电视剧里流行的一句话则是"父母之爱子，则为之计深远"。我爸是个很好的表达者，他在老师面前淋漓尽致地表达出了这种身为人父的忧虑和深情。于是，老师们被轻易说动，反过来劝我收收心抓紧文化课的学习，让我体谅家长的良苦用心。这倒戈也太容易，几乎不费吹灰之力，毕竟，在他们眼里，除了考高分，其他事本就不算正经事。

大学自然没去考鲁美，安安生生读了新闻专业，画画画到大一大二，也没有认真去学，只是自己兴起就勾勾抹抹。说来也怪，我很不愿去从头到尾学东西，无论我对这个东西多感兴趣。后来想想，一则是怕麻烦，更主要的，其实是我不愿意接触人，不喜欢跟一群人在一起，宁可闭门自己搞些乱七八糟的小玩意儿。

对人群的抗拒，及至今日，依然如此，虽然表面上完全看不出来，但我很明白自己这种作祟心理，并且也未想过改变克服一下。

这样说来，我好像是个"不学"又"不习"的人，听起来倒真是没有长处了。幸好自知，知道自己不学又不习，所以见别人学得好习得好不忌妒，如果由衷喜欢，就由衷赞叹，不会想着"我做我也行"，我常提点自己的一句话便是"你没做，便别说自己行"。

我是个信因果缘由的人。因深，果深。因浅，果浅。种瓜得瓜，种豆得豆。

徐皓峰给《咏春六十年》一书写跋时，写王家卫带他去向梁绍鸿先生讨艺，梁先生深有藏手不肯多露，王家卫怂恿徐皓峰多讨教一些，徐皓峰自觉不好意思。他在文中写"之前听闻，梁朝伟跟他学咏春，臂骨裂了两次。我未断骨，不好多求"。

这世上诸多让人艳羡的缤纷"好果"，都有个"断骨"的前缘。明白了人家的断骨，才能由衷地尊重和不忌妒。

夏 日 出 走

　　七八年前匆匆到过杭州一次，当时没留什么好印象，交通跟北京一样拥堵，天色灰暗，夜间在西湖边儿转转也没觉得稀奇，印象深刻的倒是在跟当时的男友闹分手，原本相约一起过中秋，未到中秋就恋情告吹。于是一个人到杭州出差，在西湖边漫不经心地赏月，在酒店房间里写信。

　　再次被鼓动，是某日清晨迷迷糊糊醒来看到有人发西湖莲市的一组照片，苍翠扑鼻清新异常，刚好在北京待得终日憋闷，便生了出逃之心订了车票和住处。

莲市开在工作日的早上，便订了周四的票，下午一点多到杭州，整个城市暴晒在白花花的热浪里，房间还没清扫完，我坐在前台等，客服问我要不要出去先逛逛，我说不用，已热得头昏脑涨。

订的房间是半跃层的样式，看着好看，行动起来并不很方便，匆匆洗了澡吹了头发躺到床上补觉，床头临着窗，窗帘是蓝色的丝绒布，衬着白色半透的纱帘显得格外安静，楼下临着停车场并没有人，只一树毛茸茸的枸桃漫不经心地伸过来。

睡到傍晚醒来，头痛反而更加厉害。出门觅食，然后走去西湖，发现住处离西湖边就三分钟的路程。虽值盛夏，风从湖面上扑过来多少还是有些凉爽，游人成群，操着天南海北的口音。夕阳余照落在湖面上，蒙了一层金纱，湖面往来船只并不算多，三三两两，衬着远山的层次，颇显几分古风。

诗人韦庄写过"人人尽说江南好，游人只合江南老。春水碧于天，画船听雨眠。垆边人似月，皓腕凝霜雪。未老莫还乡，还乡须断肠"。想来，这也是个离家"逃走"的人。

向来是能早起的人，莲市开在八点，七点钟便到了苏堤，与人打听说在对面岸上。人已不少，尤其是早上出来晨练遛弯儿跳舞的老年人，一直觉得南方人由表及里地精细，但大家都热得不行，挂着毛巾打着凉扇，已顾不得精细不精细。

在大的城市住久了人会变得麻木，由于太过便捷便一切习以为常，少了"动心起念"这个过程，因为感受不到"动心"便见之所及都觉得寡味，这种感觉不是年轻人才有，中老年人也是一样。

很快被满足，然后变得稀松平常，逐渐失掉对一件事一件物心心念念挂在心上的"心动"。

很多年前还没有智能手机，那时每次回爷爷家我都带上日记本和信纸，兴起时一封封地写，写给朋友或者写给自己，好似能分享当时那种周遭的安谧。

再后来，智能手机越来越多新花样，信不写了，收信的人也在时光的消磨里逐渐失去联系。但我始终记得当时摊开纸张的心情，好像邀要好的朋友来家里。

小时候在乡下住，邻里同学多走动，经常去别人家玩儿临走时被塞一个香瓜几串葡萄，如今，这种生动在城市里已销迹无踪。

说是莲市，不过是一条小船从湖面划上来，船上载着新鲜的莲蓬和成摞的荷叶，买的人排队在岸上，船上的人收钱然后数着莲蓬的个数往岸上抛。我对荷叶素有好感，荷叶鸡、荷叶饭、荷叶饼这些食物都是我的心头好，但北方少有荷塘，自然也就鲜少有人在家里做这些。

南方生活的精细之处便是就地取材得天独厚，将荷叶提着拿回家，洗净，先将童子鸡清理干净，然后用盐、胡椒粉、姜汁涂抹腌制，大概腌半个小时入味，用荷叶包裹好上蒸锅。吃自己亲手做的食物，美味倒在其次，最重要的是那三分熨帖。

提着一捧莲蓬顺着湖岸一直走下去，阳光也越来越透彻，一人多高的荷叶成片成片地立在湖里，荷也开得满满腾腾，从一片碧绿中出挑出来，既端庄又清冷，颇有大家小姐的仪态。

我坐在路边的长椅上久久地望着扑面的荷花，忽然明白为何佛教以莲为喻以莲为器，花瓣底部的白色在过渡间如有灯芯映衬，却有"光明自在"之感，不借外物，不染泥污，本身好似发光，已是圣人之境。

晚上八点多，朋友下班后从嘉善赶过来，一起吃饭。我剥了几颗莲子给她，"今年西湖边儿的莲子，确实是吃过最甜的莲子"。

吃过这莲子，也便似吃过这夏天了。

玉兰开过这一季

开始对玉兰有感情，是在读大学的时候。

新的校区、新的宿舍楼，楼下的玉兰也是新的。孑然伶仃，还不够成熟粗壮，在北方寒意料峭的早春里，显得格外清新单薄。

许是我偏爱白色的花，所以，在我的印象里，代表"春天来了"的花便不是迎春也不是桃花，而是玉兰。从枯枝上毛茸茸的花苞，到零星率先开了几朵，再到一夜之间灼灼其华地全部绽放，完整而盛大的仪式。

我便喜欢在玉兰花开的时候，开始走街串巷，那些老旧的街道，一半是灰瓦红窗，一半是玉兰的白。此刻玉兰的白，倒显得染了一些灰色，有些旧，却因这旧显得格外雅致，但这雅致是很短的，一朵玉兰很快就会颓下来，边瓣流失水分，翻折下来，像已婚的旧时妇人没有系好的旗袍领口，没有慵懒妖娆，倒显出力不从心的疲态。

术后放疗期是从三月开始到四月半结束，刚好是玉兰的花期。医院里有几株玉兰树，花倒是好花，但无奈是紫玉兰，而医院的背景墙却是红色，配在一起，反倒让人生腻。我妈用手机拍了几张给我看，哪张我都嫌不好，她说花儿开得多好，她不知道我嫌的是后面的红墙。

与白玉兰相比，紫玉兰更为挑剔，背景墙要么是白色，要么是清灰，其他颜色几乎都衬不起紫玉兰。因为衬不起，便显得俗气，失了玉兰原本清丽的仪态。

每天中饭过后我妈陪我一起去医院，我不让她去，她不肯。放疗并不恐怖，甚至近乎无感，每次2分钟，却要在来回路上消耗2小时。天儿好的时候，我便带着她顺道去逛街逛胡同逛花市逛古玩市场，天儿不好便直接回家发呆。

那段时间工作上还有很多事情要处理，虽是不去公司，不过几乎每天都有同事找我，一有公事找我我妈便不高兴，觉得我在病中还不得清静，我跟她说我这种人受不了清闲无事。

我妈希望我情绪好一些，便带我去花市买了一堆花回来，我说家里的花已经够多了，她不听，她说："你养的这些都不开花啊，得开花才心情好。"于是趁我不在家，把我插的干花丢掉，在她的执念里唯有鲜花能让我情绪好。

她不知道很多时候我是嫌弃鲜花的，因为它们开时太过喧闹，败时又尽显颓态，我自己养花喜欢挑木本的来养，看着它们从小小的一株到大大的一棵，便是看到时间的痕迹。

或许因我是个守旧的人，便喜欢所有带着"时间感"的东西，对那些新的事物反倒没那么钟情。想起一位朋友说的话，他说那些新的东西显得太脆了，太脆便易折。时间本身是自带美感的东西，如同包浆，很多原本并不稀奇的东西经过时间，便变得格外珍贵。去法源寺时，看见门口的厢房里落地养了两大盆人参榕，想想我自己的那一棵，估计长个十多年也是一般光景。

东北的春天对玉兰来说太过残忍，洁白硕大的花朵在枝头亭亭玉立不过几天，就开始赶上沙尘暴的天气，沙尘暴一来，再脱俗的玉兰也只能灰头土脸。所以，长在北京的玉兰要比长在东北的玉兰大抵运气好一些，虽也有赶上沙尘暴的时候，但毕竟是少数。

玉兰是很东方的花，故而要跟中国的传统古建在一起，才得见其精华。所以，更金贵的玉兰要长在宫墙里，如故宫、颐和园里的那几棵清代古玉兰，已是很著名，甚至后世传了很多它们与慈禧的故事。但相比长在宫廷里的玉兰，我更喜欢开在寺院里的，除了华贵，更显庄仪肃穆。

玉兰的确是极挑剔的花，几乎是"多一分嫌肥，少一分则瘦"，白玉兰与宫闱红墙绝配，紫玉兰却配不得。很多花可以与其他花草并存，相映成趣，但玉兰不行，玉兰可以独枝成景，太出挑，与其他花在一起便格格不入。莫说与其他的花不搭，玉兰花连同与自己的叶子都不搭，所以总要花先开过，叶子再茂盛起来，想来它们可能也是商量好的。

日本人对花对茶对时节对诸事物的态度基本是"无常而应时"，而换到中国，则变成了"我见青山多妩媚，料青山见我应如是"，中国人的赏花赏春多是赏花海春光里的自己。

我曾读到邓颖超的《西花厅的海棠花又开了》时心头微颤，"你在参加日内瓦会议的时候，我们家里的海棠花正在盛开，因为你不能看到那年盛开着的美好的花朵，我就特意地剪了一枝，把它压在书本里头，经过鸿雁带到日内瓦给你。我想你在那样繁忙的工作中间，看一眼海棠花，可能使你有些回味和得以休息，这样也是一种享受"。人间岁月能如此共守过已是幸好。

但更多花开的时节，我们是要独自且错过的，我们既没有找到对方，也没有守住花期，同时没有碰上那个"懂得珍重"的自己。我们拖着模糊的面目，整日穿梭，从一座城市到另一座城市，错过北方的玉兰和海棠，也错过南方的蔷薇和芙蓉。

在中国社会今日流行的"实用主义"里，所有观赏性的东西正变得"不值得"，纵然出现，也不过是堵自拍的背景墙。

燥　　夏

　　早上六点多醒过来，开了阳台的门和窗，马路上的喧杂倾耳而入。换了条长裤躺在沙发上看着自己的手、指甲、镯子、墙上的挂钟和干掉的一小支莲蓬发呆……

　　睡觉还是吃力，几乎整夜睡不踏实，从中医院开的汤药已停了月余，因中间总是离京便再没去找医生。

　　只好起来，在房间里游晃。阳台上的花又开了几朵，一盆灰粉色，一盆胭脂红，卖花的小贩说是玫瑰，但我坚定说这是月季，不再开花的牵牛已经攀到了屋顶。母亲在京时，看上一大盆山茶花，她说茶花是她最喜欢的花，本想买回来让她高兴，无奈盆太大搬运困难，只好作罢。

前段时间买了一大把芍药回来插瓶，可惜，一夜都没有挺过去。不知道那些卖花的商贩是如何保养的，徒然花了钱捧回家养死倒觉得是罪过。

朋友都知道我喜欢买花喜欢养花喜欢插花，甚至有人给了我插花课的推荐，屡次三番，但她不知道我对这种整齐划一的集体活动毫无兴趣，对于如何插花也没有兴趣，我喜欢的不过是关上门自得其乐，够不够讲究够不够美都在其次，自己喜欢便好。

如果可以，倒是希望有庭院，庭院里有木芙蓉、有合欢、有夹竹桃、有石榴……一棵树长上十年二十年总是让人感动。

阳台上可用来插花的，终归有限得很，不外是月季的花和枝，只因它疯长得快，其他的花是舍不得就此剪断的，倘若盆中枫树多长了茂密的两枝也会剪下来，但总是舍不得，便大多从花市、花摊上买花回来插。

因睡觉吃力，作息便像老年人。经常早上九十点出现在公园里，迎面而过的多是退休的老年夫妻，打着凉扇挂着相机，伸缩着镜头追一尾浮动的鱼，亭台深处有人唱"这小刀，一点面子也不讲……"旁有一众伴奏的琴乐师傅，倒是齐全。能有门儿于人前自娱的手艺是件快活事，可自得其乐，也可感染他人。

园中没有池塘，零星的荷花便只好栽种在盆里，一人多高，荷叶硕大，小女孩儿把面孔从荷叶下探出来，一旁的父亲赶忙抓拍。

天气闷热，便没有登山的心气儿，只找处稍高的亭子坐半晌。

夏天总是逼得人懒得出门，更多的时候闭门在房间里，把厅堂、厨房、卫生间都打扫干净，然后坐在饭桌前一边吃水果一边刷剧或看书。我有在饭桌上写字的习惯，也是小时养成，那时没有书房书桌的讲究，大人吃过饭将饭桌擦干净便是孩子的书桌，以致今日即便有了书桌书房，我仍然喜欢把纸、笔、手机、电脑、蓝牙音箱都搬到饭桌上去。

刷剧和描字都是杀时间的好方法，对我而言，没什么粗雅，不过是放空的手段，只是描字看起来更有仪式感，笔墨纸砚摊开便有了架势，描着描着会走神，然后提点自己把心思收回来，如此观察训练自己的专注，只因深知自己是无时无刻不心生旁骛的人。

我格外羡慕那些又专注又宁静的人，即便看上去我也是宁静的人，但我自己心里清楚内心通常已翻江倒海，我的心思比我的肉身跑得快得多，这是我的机敏，同时，也是我的魔障。

时常觉得人生的体验不过是试图重复和效仿，我们其实只认知我们最初熟识的东西，声音、气味儿、光线、色泽、节奏，我们只深爱信任这些，后来我们再遇到的，不过是在区分"类似"或"不同"、"熟悉"或"陌生"、"接受"或"排斥"，因此我总是劝诫自己。

童年的一颗西红柿的味道还停在舌尖上，之后遇到的千百颗西红柿不过是在试图复制当初那颗的味道。因为没有再出现，便成了丢失的一隅。

如此，人如何能活完整？不过是将碎裂的记忆碎片拼凑在一起。

昨天夜里躺在床上，我想象自己灵魂的那一星白光，想象它脱离我的身体飘向夜空，然后跟自己说，意识已不在体内了，只剩躯壳，无知无感，睡吧。

猫　　冬

　　北方人有种说法，叫"猫冬"，意思是说一到冬天就像动物一样躲起来，能不露面便不露面，能不活动便不活动。或许基因这种东西太过强大，即便到今天，对于我这个北方人来讲，纵然冻不着饿不着，但依然想"猫"着。

　　躲着不出门，不处理任何事情，不跟任何人打交道，看白日的阳光一点点由轻到重地厚起来饱满起来，房间的白墙上沙发上蒙上亮色，那亮色便带着温度，因为带着温度便使心底也轻快起来，总是在这样的光色里莫名就心满意足。

房间里活动很多，看书写字涂涂画画，阳台上十多盆的花要侍弄半天，再加上给鱼缸换水加氧，养了几年的植物已经蔓延到地面，下端越发沉，好似上面细茎随时会断掉，技术不行不敢分盆，怕伤到花根儿，只能剪去太过茂密的枝蔓，希望上面压力小一些。剪下来的枝蔓，插在水里，若是能成活，还能开出一簇簇的花，若活不成，几日也便发霉，只好扔掉。

今年养花已比去年多些经验，去年阳台上的榕树叶子全部落空，今年虽也落了一些，但大体还是茂盛，保湿喷水，夜里卧室通向阳台的窗开着，阳台上的温度不至于太低，所有花便在这冬日也不耽误生长。

把兰花开过花的枝剪掉，之前没有经验，以为不会再开，开过就扔掉了，后来发现姑且慢慢养，把发过花的枝剪掉，哪怕上面看上去光秃一片，其实暗地里的新芽已在生长，慢慢养，保持温度和湿度，熬个大半年，也可再发出花枝，虽开的花不似从花市买回时繁茂，但毕竟是自己亲手养的，别有更深厚的感情，彼此之间有种认同感，便可共存。

因为勤于浇水，不擅养多肉，夏天养的多肉扑棱棱地开始掉，后来问养多肉的朋友，友人告知是水过盛，由此也便控制着，恨不得一个月才浇一次，虽没有他人养得好，但姑且也算茁壮地活了下来。

常买花，之前总是在花店或超市买，后来发现难开，难开原因在于花朵采摘时生得很，之后空运，然后放冰柜里保鲜，即便看着新鲜，但其实很难真正养起来，由此改成了直接在网上订云南的花，采摘时已经很熟，两三日签收后，拿水浸上半日便全开了，势头繁茂，不消一会儿便撑满了偌大的花瓶。起势猛，落势也迅疾，大模大样开上一周，基本也就败了，花色虽颓，但颜色依然好，颓了的花有颓的风姿，别有另一番情调，舍不得扔，便窨成干花，一瓶瓶又堆满了阳台。

往年一到冬月，便可在街口看见推车卖杂货的，杂货车上还有自家酱的咸菜和几盆水仙，这两年已经瞧不见了，不想跑花市，也便无处买水仙了。记得养得最好的一盆水仙，大概是十年前，一晃快十年光景了，水仙买回后养着，每天都拔高，长势迅猛，但到年底却开始怠惢，因为过年要回家，生怕花开的几日刚好错过，便想着怎么要它提早开，或者延后开。

北京的冬天，较之东北，已算暖冬，所以还有好多花可在室内存活下去，不必太费心也不会完全冻死，但若遭遇东北的冷凛，则没有任何生还的余地。我总觉得越容易养活植物的城市，越显得温情，人要在植物气息中找到安慰找到牵挂找到时间的痕迹和四季的刻度，越往北走，则有种万物尽毁的肃杀，常让我想到一句"风雪月杀人"。

我有时想，我体内一到冬天有点无可救药的颓丧和绝望，大抵来自我祖祖辈辈北方人的基因，只是进化得好的人已经完全习惯现代气息，融入城市生活，在严寒冬日里也不再畏首畏尾心生凄惶，但我没有进化好，我的原始记忆依然清晰，所以一到冬日，我依然犹如困兽，痛苦，凄惶，想与世界决裂，更别提所谓社交上的热情。

　　而我的挂碍，让我抗拒，即便身边有志坚的友人鼓励，但我依然本能性地想回避。前两日夜里，绝望的情绪来得凶猛，我在厨房里忙活了两个多小时，处理红薯、南瓜、冬笋、芹菜、蘑菇、煲汤、煮茶、煎蛋饼，一一吞掉后仍不能平复，关掉灯躺在沙发上听轻音乐，就这样听了两个小时，心思稍微活络一点，仿佛一个沉到水底的人被费力打捞上来。

　　忽地想起书里所谓"六道轮回"的说法，不在前世今生，而就是当下的情绪，陷入不同的情绪中，便如坠入不同的六道，如此看来，冬日也非冬日，严寒也在心上，我们建了房屋织了棉花护住躯体，但心上的寒冬却仍在，那些温软而美好的事，如附着的一寸寸皮毛，维护着我们艰难地保持呼吸。

在如此低迷的季节里，心里时常响着两个声音——

好想放弃；

怎能放弃。

踏　春

　　没有想到今年的踏春出行竟然是在这种特殊的情况之下，从官方宣告疫情到现在已经过了一个月，取消了春节回家的出行，在房间里宅了快一个月，中间有两次下楼遛弯儿，再就没出去过，在房间里待得头晕眼花。

　　换作平时，周末有好天气定是要约上朋友出门的，疫情之下，实在憋闷，连友人也不能约，平日还经常有一堆朋友来家里做客，大家涮火锅喝小酒唱歌，如今所有小区都封闭式管理，公共场所又不安全，只能各自孤单。

　　很多单位开工都受影响，业绩压力大得很，只能靠内部调控折中缓解，我们公司和很多公司一样，如果工作不算饱和，大家可以休假，我便请假，请了假便有了闲。

某日阳光大好，空气也好，套上衣服戴了两层口罩出门，打车到颐和园，下车时师傅说："开着呢吗？"我说："开着。"来之前，在网上刚查过，但大门并未开，只开了旁边的小门，且只开了一道闸机的入口，可见人不多。

从东门进，进园之后松柏香气扑鼻而来，一秒间便提了神，心情也跟着大好。特殊时期，只开了外门，园中所有室内经营及景点全部关闭，有许多大人带着孩子来园子里玩耍，人流并不密集，且园中因植物繁茂，空气大好，胆大些的人便摘了口罩，也不管广播喇叭里的提示，这种行为并不提倡。

因为人少，平时走得慢的路竟快了许多，但多日不动体力不支，向上爬一小段儿便气喘，便坐在路旁长椅上休息，前后左右环视一下，无人，便摘下口罩透透气，松柏香气更甚，鸟鸣不绝，静得出神，就这样在阳光下坐着，直到感觉身上热气散去，风中有些发凉，起身继续向上，如此反复。

大自然本身具有治愈能力，一种是来自自然的生命力感染，一种是人在越发空旷的环境下越能感到自身之渺小，因为渺小，执念和嘈杂便淡了些，但也只是瞬间，转身回到人群里，回到高楼林立满是竞争的办公区，烦闷和紧张再度开始，所以人本能地喜欢亲近自然，这本身就带着自愈性的选择。

或许因人少的缘故，竟觉得跟平时景致不同，甚至有些陌生起来，前几日看到有人发西湖边上拍的照片，竟如同水墨仙境，比人迹嘈杂时灵气很多。很快便到了头儿，选另一条路下来，下来后发现连着长廊，长廊处人倒不少，三五成群，大家戴着口罩边走边聊。

北方这个时节，河面半开，各种树都未发青，天不是蓝色，而是浅灰，干净的浅灰带着点蓝，带着光晕，这是北方的冬日常见的天色，因为灰，便总显得一些寂寥。

体力不支，只能走走停停，走一段坐下来歇一会儿，途中有一处卖点心的小摊，买了两小盒桃酥，若是平时大概直接打开吃起来，现在口罩不能摘，只能提回家再吃。随着人流走，走到玉带桥，之前大多是跟旁人一起来，走过多次竟没察觉这段小桥如此陡峭，角度颇高，好似中间瞬间高耸起来，倒也显得秀气。

远处，是远山，树木的头冠还黑着，像不厌其烦的手法一笔一笔画上去，树冠大多很齐，我猜大概在它们还是小树时被反复修理，直到长大后都是团形。园子里喜鹊、麻雀都是不怕人的，只要行人不刻意吓它，它大多不会躲开，隔着一个栅栏，在开了一小块儿的冰面上，站着一只乌鸦。

一直觉得自己的性格中有树木的属性，沉静且有些中直，所以一直对木本的植物更为偏爱，觉得它们大多独立，尤爱松柏，走在路上方想起对松柏的热爱大概来源于对小学校园的记忆，天寒地冻的北方植物很难茂盛，校园里的松柏便显得尤为难得，虽然它们也并未长得很高大。身体是那个时候开始对松柏的香气有记忆，并开始觉得亲切，一晃多年。

想换个出口，发现并没有路，折回时看到路边的枯树，这又是自然神奇的地方，今日还是枯枝，大抵不消两周便可满是花苞，一夜风暖便花开成海，所以春天总是显得盎然而急促。南方的花木大概没有这样的情形，不需憋闷着熬过漫长的严冬，不需蓄积能量以图来日，所以南方的花木总是茂盛肆意，但因为不需很努力，根基便扎得浅，赶上台风一棵大树也常被连根拔起，但在北方，风拔起一棵大树这样的场面是极罕见的。所谓"万物各有其时"大概就是这样的道理，此消彼长各有因缘。

矮矮的紫叶小檗、榆叶梅、碧桃都还枯着，海棠、丁香也无半点绿意，不受这严寒影响仍很挺拔恣意的是白皮松，虽也同属松树家族，但枝干松散的比例和树干的皮层迷彩颜色都均匀得很，是让人一眼便会注意到的。

风声很大，摇得高屋上的四角铜铃叮当作响，它们已有很多年头，便不清脆，有着时间的叹息，更让人觉得肃穆沉静，我总喜欢这样的氛围，便在闭门的台阶前坐了一会儿，欣赏阳光深处光影的魔术。

秋日，沿着一条街一直走下去

爷爷生日，回家三天，再回来。吃力得像脱了一层皮。

我是个于人前很难保持热情的人，精力集中不会超过两个小时，好情绪维持不会超过六个小时，哪怕表面看不出来，内心已疲倦得要死。

是真的疲倦，身心俱疲。

因此喜欢一个人生活，一个人在陌生城市里，没有亲密关系需要交代需要维系需要硬撑着热情，不是不热情，而是体力不够，真真正正的体力不够。所以每次回家，我都会变了个人一般，全身浮肿目光呆滞，恨不得从早到晚一直睡。

应付亲密关系是件很吃力的事情，往大了说一荣俱荣一损俱损，往小了说鸡飞不蛋打是不大可能的事情，我听太多人跟我强调过"家不是讲理的地方，家是讲情的地方"，听一次我皱眉一次。

找回体力，得先找回节奏。

回京后大扫除、睡觉、敷面膜、再睡觉。醒来发现屋外大风，是个顶好的天气，堪称碧空，光线澄澈通透。便早起，想洗漱妥当早点出门，结果处理一些公事，耽搁到了中午。肚子已经有些发叫，想想为了前门的都一处烧卖，索性忍一忍。

1路公交车，笔直一线，从西向东，到天安门西下车，走人民大会堂西路，奔前门，阳光跳跃，从叶子上跳到地面上，再由近及远，呼吸顺畅起来，情绪也跟着欢喜。

忍着饿走到饭馆门口，见排了二三十人，便向一位排队的姑娘打听"都是等着吃饭的吗？"姑娘答"是"。更改计划，拐向鲜鱼口的便宜坊。邻桌坐了一对年轻情侣，要了一套烤鸭，我说我也要一套，服务员说："你自己吃不完的。"想来也是，最后改半套烤鸭、野菜烧鸡蛋、酱油炒饭，以及附赠的鸭架汤，吃了三分之一不到，余食打包。汤足饭饱，心满意足晃晃悠悠地从鲜鱼口再折向大栅栏。

这几乎是我每次逛前门的既定路线。先吃饭,然后穿过大栅栏,一路往西走,越走人越少,店铺里不再拥挤,便随便转进几家店,有一搭没一搭地逛。在一家旧书店,挑了四本书,《海上花列传》《荀子》《老残游记》《围城》,一共60块。结账时问老板为何这么便宜,老板说都是压库存的书,没有包装袋儿,拿塑料绳打十字花起来倒显得更有旧书的味道。

提着饭,提着书,再向西,路过一家门面装修颇有特色的餐馆儿,每次经过,我的内心独白都是"好难吃",的确好难吃,白白辜负了门面。

另外必经的一个小摊铺,是卖山楂制品零食的,很多样,老板说:"一样来点儿?"我摇摇头,隔着玻璃,敲了两样儿,老板说:"这是买过,只认自己要的。"

买过糖雪球,这条街便也快到了头儿,确切点儿说是到了分岔路口,前后两条街,我通常走前面一条,这次想换换,走后面一条。同样安谧,老人,老狗,老树。阳光正好,铺在不算宽的柏油路面一片白,有人在自家门前晒了几个箩筐,菊花、银杏果,另外一种红色小果子我见过多次,但叫不上名字。有学前模样的两个孩子从院子里跑出来,费力地爬到电动车上。

一切太好。

好得安静，好得接地气，好得把生活还给长街巷里。我着实喜欢这种好，确切点儿说是沉迷，胜过沉迷超五星酒店，沉迷名牌包包，后者在这阳光里被分解得不值一提。

走到头儿，还有力气在，便接着逛琉璃厂。东街多旧物件儿，西街多字画，偶有喜欢的个展，但也只分到"喜欢"和"不喜欢"，因为外行。在一家店里，碰到店主和顾客热烈交谈，店主称顾客某某老师，想来是内行人士，要宜写《兰亭集序》的纸，我在一旁观看，长卷纸上还印了草印儿和叶子，煞是清新好看。

有中意的爱好，是件快活事，倘使这爱好这手艺还能得意，那便是恩赐。

有热情好客的女老板在门前站着，见我打门前过，说："姑娘进来看看。"我抱歉说自己不懂，也不会写，老板说："没关系，进来随便看看。"我便应着这份亲切进店去，章、画、笔是一概不懂，老板招我进后堂，狭小无转身的地上堆了一些旧书，她说："你翻翻，看有没有喜欢的。"

我总是个不好违别人热情的人，蹲在地上蹲得腿酸，拣了四本书，两本篆刻，两本古玩。老板在一旁说"会写就会刻"，我说："我连写也不会。"老板说："哎呀，你才多大，学一学练一练，写个十年，总能写好。"听来好励志。是啊，什么事坚持做十年做不好呢？问题出在我们做一件事一个月已嫌很长。

回家的出租车上昏昏睡去，断断续续。

到家窝在沙发上补觉。醒来时，外面天色已黑，开灯，翻开《围城》。拿打包回来的鸭肉炖了冬瓜汤。

养 花 记

　　一到春节，花市儿里的花儿尤显得"金贵"，价钱几乎要翻到平日的 1.5 ~ 2 倍。卖陶泥花盆的女老板几次下来与我相熟，便嘱咐我说，要买花就赶早买，自己养得好春节照样开。

　　这便是春节期间的花卖得"金贵"的地方，大盆大盆莺莺紫紫地搬回家，看着热烈、清新又喜庆，但若放在自己手里早早养起来，其实是未必能养得开花的，更别提花团锦簇。我有位同事，养了株香水百合，养了大半年才挣挣扎扎地打了个花苞，特意把花苞拍下来发给我看，已费了九牛二虎之力，后面能不能开起来倒还另说。

夏末秋初时买的几盆兰花，自己养得都不大好，开时热闹，但像花市里那样做到开完复开是很难的。一盆跳舞兰买来时开得满盆如星，自己再养，只开了一小枝，花朵也三三两两，一副营养不良的样子。超大盆的香雪兰，特意挑了白色，开起来如人中君子，却开得迅疾消得也迅疾。之后叶子齐根干枯折断，在网上查了下，有可能是根部通风不好湿度太大，便全盆起出，把根裸在外面风干几日再重新栽回去。

倒也有一株蝴蝶兰，成了精一般，不闻不问不动声色地一直开，颜色也无增减，已经开了三四个月，让我左右疑心这花是不是假的。

阳台上的花，最好养的有两大棵，一棵是从原来办公室搬回来的，办公室搬家带不走所有花，我便留下了一盆，至今叫不上名字，但已养得像"树"一般壮实，刚搬回家时跟桌子一般高，如今一年光景已长了二三十厘米，漫过阳台的窗子去。另一株橡皮树买时小小的，因是南方城市路边、小区常见，以为在北方不好养，竟没想一直浇水便一直长。

老舍先生在一篇养花的文字里提到"养花"这件事，在北方总是显得不那么接地气，花要栽到土地里才有花的样子，而在北方，几乎都成了"盆栽"。作为一个自小在北方长大少见寡识的人，也是到了南方走一遭才知道"哦，原来石榴是树呀""原来夹竹桃也可以长成树啊"，一树榴花隔水扑过来的时候，我竟然第一时间没有反应过来这就是小时候奶奶家花盆里养的石榴。

南方的姑娘说，我也是到了你们北方才惊奇，你们北方人的荷花怎么放到坛子里养？不应该是随便丢在池塘里吗？

所谓"因地制宜"，橘生淮南为橘，淮北为枳。在南方好长的花花草草，随便一丢就成树成林，到了北方，因很难长起来，便显得尤为"金贵"。因这"金贵"，便要多花几层心思，倒也成了养花的乐趣。

小时候在东北，冬天来得尤其早，天寒地冻万物肃杀，印象深刻的是初冬时爷爷的十几盆菊花养得尤其好，白的、黄的、粉的，搬搬挪挪，家里逢人来闲话走动便要赞一赞老头儿的手艺和耐性。

寻常人家不大讲究"插瓶"，也不理会其中的道理，只是秉着赏心悦目的本性。花朵开得繁盛的季节，奶奶便折一些来插，多是芍药、细粉莲、美人蕉、六月菊之类，不甚讲究，倒也勃勃生机。乡下没有花店，每年教师节学生们便从自家院子折几枝长得最好的扎上一捧送给班主任。

南方的花朵繁茂，移到北方，一隅方寸都占不上，养在盆子里倒显得我见犹怜，乏了放肆生长的生命力，没了花养人的背景，倒成了人养花。人养花便要格外上心一些，温度、湿度、光照、通风，这几样几乎是雷打不动的指标，至于施肥、驱虫已算有挑战，待到能分根、插枝已实属了得。

有会养花的，把一盆薄荷养成满满一地，也有不会养的，最后连根枯枝都留不住。由此，我喜欢树更胜于喜欢花，它们挨过时间，抵过生死，最终扎扎实实地挺立沉默，想尚未粗壮时，也必于风霜雪雨里历过劫，有些弯掉了，那是生命抵抗的痕迹。

树上的花比瓶中的花繁茂，只是因太繁茂出彩，便又被人折来插了瓶，细思颇有几分无奈。我以前总想着，倘若日后有宅院，便要在正屋门前种两棵树，年复一年日复一日。古时在南方某地，若是生了儿子，父母便种桂花，生女儿便种香樟，待到女儿出嫁时，父亲把树砍了，用香樟木给闺女打套箱子做嫁妆。

在傣家的传统里，至今女儿家要有两条银腰带，一条是小姑娘时父亲亲手打的，一条是出嫁前未婚夫亲手给打的。耗时、耗工、耗料，却不能省，是风俗更是人对人的心思。我们而今回味过去的种种好，多半是这慢工细活里不疾不徐的心思。

我住的地方，没有电视，没有网，用流行的话说这已经称得上"当代隐居"了。朋友来我家，多惊诧"你怎么过得跟退休老头儿一样？"我总回答老年人的爱好要尽早培养，理由可以引用同事的一句话，她说："国家虽然让我们六十岁退休，可你想想，难道到时候一堆白发苍苍的老头儿老太太还干着互联网工作？"

App 也好，养花草也好，多半是消遣，作为一个不新潮的人，自动选择了养花草。待到隆冬百花杀，尚有新枝抽嫩芽，这便是打理花草的乐趣了。

一口奶油和一轮圆月亮

古往今来，哺乳类动物过冬都是个沮丧的话题，难熬也难挨，哪怕放在人身上也是一样。一位女友说一到冬天就想谈恋爱，想睡觉的时候有个人暖和和地抱着。另外一个女友听后送了她羊绒毯、电热带、毛袜子，她说："不是，这不一样，跟抱着一个人的那种暖和不一样。"

送羊绒毯的贴心女友，顺道关切我，问我："那你呢？"

我想了想，说："还好，我有越冬三大件儿——涮羊肉、糖雪球和三宝乐。"

涮羊肉我是写过的，在那本《好好地吃一朵西蓝花》里，专写了一篇涮锅。

天要冷，最好玻璃上上着哈气，圆桌或四方桌，全木桌面或木嵌青花瓷板的桌面，中间架一只六七分旧铜锅子，白汽腾腾地冒着，热浪锅底噗噗地滚着，丸子、豆腐滚在面儿上，海带、红薯先沉到锅底。

相对薄肉片儿，我更喜欢厚的。《圆桌派》里有一期马未都先生讲到涮羊肉，谈论是不是切得越薄越好，是不是一片一片地涮更好，得出的结论是——因为过去人穷，能大片涮、一叠叠涮的太奢侈。

因写过，在此不赘述，总之，涮羊肉绝对可以排上北方冬季食物榜单第一名。

但糖雪球和三宝乐说出来，好像就显得儿戏。只能说，各花入各眼，各人食各味。

在来北京之前，我是没有吃过糖雪球的。从小到大，冬天里，只有糖葫芦，各式各样的，山楂的、草莓的、圣女果的、山药豆的、夹心红豆沙的、红薯片的、橘子的、什锦的……总之，也繁华异常。

小时候的糖葫芦多是推单车的人沿街叫卖，种类也没有这么多，个头儿也没这么大，但在物质贫乏的年代，稍凡有点儿零食，对于小孩子来讲已经趋之若鹜了。记得印象中，小舅舅在家中还自制过一回糖葫芦，那也是唯一一次，之所以记得清楚，是因为糖浆熬糊了，入口苦苦的，并不好吃。

糖葫芦制作的难度主要难在熬制糖浆上，对色、味、硬度上都要求拿捏极准，相对来说，炒制糖雪球的上糖过程，要比熬糖浆好掌握些。

糖雪球的山楂更接近生山楂原色，外面散裹一层白白的糖，既解了山楂的酸，又不像糖葫芦吃起来粘牙，倒显得更原味本真。红是朴朴素素的红，白是冰冰凉凉的白，像圣诞夜里落的雪，更接近童话故事的幻想。

之所以糖雪球在我这里可以排进前三，便是这份童话世界的幻想。冰天雪地里，小小人儿的小小梦。

三宝乐的面包，我喜欢几样传统款。奶油牛角、巧克力奶油牛角、咖喱肠款还有红豆包。可以一瞬间解救冬日忧郁的，是奶油牛角面包。也可能因为我极爱甜食，对甜食好感度一般的人是不大选这款的。

奶油牛角面包的一个妙用就是可以多买几个，放在冰箱里，在你任何觉得需要安慰自己、犒赏自己的时刻，拿出来，心满意足地吃掉一个，像安抚一个五岁的孩童。世界很大，但可以被一大口奶油融化。

这样看下来，我对冬日食物的喜爱，一个原因是因为暖，另一个原因是带了重重的童话色彩，毕竟，冬天就是个童话里的季节。

若要再往后排，排到前五，那么还有两样东西，一个是酱蟹，一个是糖炒栗子。半只酱蟹可以拌掉两碗米饭，再配一锅清淡的豆腐汤。十一的时候，朋友的妈妈从家里来，因为是海滨城市，特意带了两箱冰鲜的蟹子给我们。阿姨说："我们小时候穷啊，没什么菜，靠海吃海，都是捞一堆螃蟹一缸一缸地腌了……"听得我们眼冒绿光，直吞口水。

伟大的诗人耶胡达·阿米亥写人的灵魂是博学的，并且非常专业，但身体始终是业余的。我想，这种身体的"业余性"便在寒冷的冬日里尤为凸显欠缺，孤独、迷茫、摸索、寻找、尝试、沉醉、迷失……

我们深知生命终将如诗人启示的那般，犹如一棵无花果般死亡，枯萎、甘甜、充满自身，但在死亡来临之前，还有漫长的时光，还有很多很多个冬天和夜晚。

我们渴望抓住点儿什么，以对峙这种寒冷的孤独感。

有时需要陪伴。

有时需要一口奶油和一轮圆月亮。

说好的青海湖看星星

　　某个工作日的午后，坐在办公室里感觉百无聊赖，看到自己在豆瓣里写"2019年要去青海湖看星星"，转念一想"别计划啊，直接去啊"，于是问另外一个姑娘去不去，姑娘欣然同行，我开始订机票、订酒店。

　　周五的早班机，航班竟提前半个小时到西宁，落地时还不到九点，在机场租车，朋友问我去酒店还是找个景点，我说随你，于是两人开车去塔尔寺。

　　有一点高原反应，朋友比我严重。到了塔尔寺后，有当地的藏族小伙子问我们要不要带着走一圈，我们说可以，但小伙子并不专业，没有讲什么东西，好在我们也不大计较，赶上突然下了冰雹，接二连三往上面可以挡雨的地方赶，开始喘得厉害。

大雨就下了几分钟，然后我们继续游荡，反而因为下了雨，天色比之前要好看许多，导游的小伙子明显心不在焉，我们也无心诉求更多，所以也没说什么。零零碎碎给我们讲了一些，看到了我一直向往的酥油花，因为之前在一个纪录片里看过，说某个地方会花大半年的时间做礼佛用的酥油花，夜晚呈现。第二天天一亮，一切都撤去，毫无痕迹，借此来禅喻佛家的"一切如梦皆空"，当时觉得特别感动，但塔尔寺的酥油花由专门的殿堂供养，每年会更换一次，色彩艳丽雕工细腻技艺精湛。

寺里有很多磕长头的人，看样子是打着行李久住于此，隔着彼此的信仰，无法有感同身受的理解，只是觉得一切看上去祥和安宁，就这样在院子里的台阶上坐了一会儿，天高云阔，风清心明，倒也享受。

次日行程是青海湖景区，不知导航导的哪一条路线，总之都是盘山路，多少有些凶险，陡的地方对面来车根本看不见，再加上高反，朋友有些紧张，心理压力很大。作为一个好副驾，我负责一路陪聊缓解她的紧张，以及拍照。山路绵延，一直向上，好在沿路风景够美，有牦牛、羊群还有驴子。等到往下开时，逐渐有了许多蒙古包，是当地人开来待客的。

由于当地温度低，8月正是油菜花开的时节，我们刚好赶上，当地人沿着青海湖在自家的租地里种了大片大片的油菜花田，靠停车以及骑马拍照赚取营生，我和朋友应景地骑马转了一圈，复又赶路。等开到青海湖二郎剑景区时才发现人满为患，停车场根本没有位置，于是我们从停车场直接开了出去，奔向茶卡镇，当晚我们的目的地是夜宿茶卡镇。

后面山路依然陡峭，且车辆很多，朋友开始有些急躁，导航显示我们预计晚上八点半到茶卡，朋友怕天黑之后我们依然在山路上。但事实证明我们的担心是多余了，后面有一百多公里的高速路，以及当地8点钟的太阳跟我们下午5点钟的太阳一样，亮得很。

到民宿办理入住，问老板几点可以看到星星，老板说得夜里两点。于是，我们在房间里玩到夜里1点多，然后出门开车去看星星。我和朋友换了衣服穿，她比我怕冷，我穿了厚毛衣又套了她的薄毛衣，她则穿了我的羽绒服，街灯都熄了，四下黑暗，连红绿灯都没剩几个。我们完全沉在一片黑暗里，没有任何提示，看不清前面的路，两个人明明都戴了眼镜还是要身体前倾仔细认路，生怕一不小心开错跌下去，然后我忽然问了一句"你开大灯了吗？"朋友看了我一眼，把大灯打开，两人在车里爆笑。

可以看到银河，有好多星座，可惜，一个也不认识。朋友躺在车里，我则趴过天窗跪在座椅上一直看，已经太多年没有看到这么多星星了，拿手机和相机试了多次，基本拍不下来。大概看了一个小时，我们开车回去，已经冻得不行，进了院子后两人都傻了，因为民宿院子里头顶的星空完全不比我们出门去看的差，可怜我们黑灯瞎火出去折腾一番。

茶卡盐湖的"天空之境"得靠老天赏脸，清透、有云、有霞，这样倒影才好看。当天的天色淡蓝甚至有些发灰，好像只剩了热气，且人多得跟下饺子一般，当地人不善管理，混乱得很。我和朋友取了鞋套下了湖，走了没超过三米远，就出来了，因为天气太热，实在没有好兴致。也正因为热，取消了后面去观光塔，两人1点钟出园。

稍事休息后上路，之前大段的盘山路让朋友心有余悸，以为回去时还要再走一遍，没想到导航导的是另一条路，风景如画，山陵、沙丘，颇有到新疆的感觉。一路上云压得特别低，低到山顶，路上没有多少车辆，我们见此美景迅速恢复了精神和体力。

　　导航把我们又导回青海湖东线，这次比上次离湖水更近，上次是远远的，这次则是到了湖边。接下来回西宁的路线，导航导的是湟源线，山地绵延，一路穿山行进，之前来时是远山，而这回又别有风景，所有山都挤在车窗外，仿佛触手可碰，美妙得很。我跟朋友齐齐感叹回来这个路线太好，哪怕不去景点，单开一遍这个路线都是十分值得的。

　　九点多回到西宁市区，两人选了一家川锅，竟非常好吃，只是出门再抬头，星星已经不见了。

放 学 后

　　天气阴晴不定，一夜之间竟已升温十多度，白日里温度可以达到十五六度，厚重的衣服便穿不住，换了双运动鞋去上班。天气晴好，穿戴轻便，整个人也便跟着活跃起来。下班后刻意多坐了一站去华熙买炸排骨，一个人悠悠荡荡，一家家店里走来走去。前几日还紧闭的几家 LiveHouse 也都喧喧嚷嚷开了起来，穿戴时髦从头闪到尾的年轻男女又放眼皆是。这几日广场多了一位人气女歌手，染的白色短发，打扮中性，声音非常有磁性，每天都有很多人围观，甚至围观者跟着捧场打拍子，相比之下另一边另一场的男歌手基本就成了自娱自乐。

我久居西边上班要穿行二十公里的原因，大概就是它满足了我的生活基调，部队大院安静得很，不像东边一样商业氛围浓重，居民楼规规矩矩，便显得一切节奏都没有那么快，生活气息尚存。出行方便，周遭商场也多，走远一些，便可以去爬山。近几年加上华熙商圈的崛起，便又多了些吃喝玩儿乐的乐子。

咖啡馆、餐馆、酒吧、面包店、章鱼烧、红豆烧、冰激凌、热狗、关东煮、糖葫芦、烤地瓜、酸奶、饮品店……去年夏天开始，又多了小吃一条街，于是又有了各种卤味、猪脚、鸡爪、豆干、臭豆腐、铜锣烧、烤鸭卷、饭团、冷串、炸鸡店、炸排骨、炸鱿鱼、烤生蚝、米粉、酸辣粉、蛋糕、点心、汉堡……包括各式各样的饮品店，一时间花哨得很。

除此之外，还有一条饰品街，都是女生喜欢的小玩意儿，挑挑选选常换常新。朋友们多喜欢来找我玩儿，因为我家周边总是有得玩儿，吃吃逛逛便很好消磨掉一个下午。

想起多年前表妹读初中时如果我放假，她都是希望我去接她放学，因为我们每次都在她学校门口买些小食，边走边吃，两个人晃晃荡荡从学校走回来二十多分钟，大概也吃完了，拿纸巾把嘴擦干净，龇牙给彼此相互看一下，免得留下痕迹。这是小孩子在大人"禁行"下隐蔽的乐趣，后来想想，如果不是家中大人如此禁止不让吃路边摊儿，可能我们也没有感到如此快乐。

路边摊儿是所有孩子的乐趣，从小学到大学，无一例外。想想终于挨过了一天的学习时间，放学后大家作鸟兽散，三三两两结伴而回，路边摊儿上买些吃食，你吃我一口我吃你一口，一路有说有笑，便是年少时最轻松的时光。

课业沉重，放学时多已是晚上八九点钟，路灯把单车的影子拉得长长的，把少年的影子也拉得长长的，大家一路嬉笑打闹，没有什么深邃的事情，却已十足开心。人的交往能力和性格，大抵在那个时候就已经明显显现出来，你能不能跟其他同学有说有笑一路打闹回去，还是一个人闷头做独行侠。

如果时间再倒退若干年，回到我读小学的时候，放学更是撒欢儿。我们那个年代放学早，一般下午三四点钟就放学。大家都不急着回家吃饭，多是在学校时就约好到谁家边玩儿边写作业，折腾一番了，才考虑吃饭，若是彼此常登门的相熟同学，在家中留饭也是常事。所以，我有时想，那个年代的孩子很幸运，从小便有很好的天然的社交环境，可以很容易交到朋友，这很有助于大家日后一部分性格的形成。

因为客流量太大，炸排骨竟然已经卖完，还是头一次遇到这种状况，店员姑娘抱歉地说油锅都熄了，让我改天再去。我绕下来，换到另外一家买了一份炸掌中宝，高高兴兴一边走一边吃起来，月明星稀，场地上的少年们在打球，我竟越走越高兴。

细一想，大概是因为很像熟悉的多年以前放学后的感觉。那时，我们只知道黑夜之后就是新的一天，知道炸串儿要趁热吃不能放凉。那时我们从未想过远方有多远，人生有多长，以为天下最恼人的事就是学习，最大的折磨就是考试，在大人禁令背后偷偷买路边摊儿就能获得窃喜，那时的我们，快乐得那么容易。

第二场雪

　　早上出门时，发现在下雪，等到出地铁发现已经下得很大了，这是今年冬天北京下的第二场雪，但却是第一场让我"有感"的雪。

　　所谓"有感"总得下得足够大，雪若太小，就跟雨丝差不多，便没有雪的意思。所以上次下雪时，我基本无感，当然也有一些地区下得大，于是大家就很欢喜，而我闷在房间里只觉得天色压抑。

　　历年来我有个观察，好似第一场雪都漫不经心，像下又像没下，完全形不成下雪天的气氛，虽然人们也感慨"看，下雪啦"但总是不甘心，尤其作为北方人这种不甘心尤甚，不够大的雪，那能叫雪吗？

人们对于心中的"初雪"是有设定的，它一定要足够正式，足够认真，它得十足算得上是一场雪，否则薄得跟雨丝一样，便罔顾了大家的期待。正因为知道每年的第一场雪好像都很不经意地下，我便对于第一场雪不大关心起来，它下就下吧，等着下一场，或下下场，知道后面总要有像样的大雪压轴，但有时这压轴却来得太晚，晚到可能要到次年三四月才来，但终归，是要来的，来过，也便满足了人们对于一个冬天的所有等待和幻想。

它改变人们什么了吗？其实也没有，但大家就在等这样一场雪。

人们对于"初雪"是盛放了梦幻期待的，所以在剧集里，最重要的场景一定要男女主见面时天空忽地就落了一场雪，这招屡试不爽，古今中外剧集基本都要用这场面，好似这么好的雪是专门为了这一对人下的。

但现实里的雪倒不是专程为了谁而来，哪怕天气预报里说有大雪，人们隔一会儿就抬头望，终也看不见半粒盐。等到某一日，某一个夜里，某一个黄昏，或某一个清晨，大家把这事儿忘了，它们却洋洋洒洒席天卷地地来了，从这一点上讲，雪是座上客，无论它什么时候来，哪怕之前说来又不来，它来的时候人们还是欢喜，把之前的"失信"也都忘了。

当然，与人订下这个"信"的并不是雪，而是人，人自己的等待、渴盼、幻想，所以说到底确实怪不到雪的头上。人只是在延续日常的习性，不断地与自己订"信"，建立希望，然后再接受幻灭，再建立希望，再幻灭，如此反复，乐此不疲。

我的内心其实也是总盼着一场大雪的，但已知道雪的习性，便只好跟自己说"别盼了"，这是雪的习性，也是我们生命中所有因缘际会的习性，你浓妆淡抹认认真真扮上了，它不来，你松口气邋邋遢遢回去，它又来了。于是我们不得不调教自己"活在当下"，归根到底，是因为这种充满矛盾大有戏耍之嫌的错位太过日常，如果我们真要因此怄气，恐怕早被气死。

如果灰姑娘没有打扮得像个公主一样，王子看到的是平日里灰头土脸的她，还会不会为她着迷？我们对于自己的高光期待，很多时候就像灰姑娘，我们需要准备好盛装、马车、水晶鞋，然后希望这个时候王子出现，这个"王子"是我们心中期待的每一次好机会。但现实生活不是童话，可能你永远凑不齐盛装、马车、水晶鞋，也有可能你凑齐这些的时候，有人告知舞会取消。

那能怎么办呢？你要么精进一些奉行那句"机会只留给有准备的人"，你时刻盛装准备，要么干脆该干吗干吗去，换回日常舒服的粗布麻衣，也不要刻意等一场雪，也不要等十二点钟的奇遇，爬回床上舒舒服服睡你的觉去。

我深知自己的懒散，所以，我只能践行后者。倘若真有一场大雪或奇遇，我相信，哪怕我在梦中，它们一样会来叩我的门。没来？没来就拉倒呗！

阳 光 正 好

　　初五，破五，跟妹妹吃了晚饭，她便打车回她自己的住处，临走前两人一边收拾屋子一边说笑，她说："姐，今年这个年你脾气可比去年好多了，你都不知道去年你什么样……"因为独惯了，身旁不习惯有人，倘使有人在周遭时间超过一两日便心生不耐烦，很多时候压不住，便难免表现出来。

　　家人知道我这毛病，几番说教，但已成习惯，无济于事。从年前放假到今日，刚好十一日与妹妹共处，她早知我习性，每天傍晚下楼去跑步，为的是让我一个人待一会儿。关于今年脾气比去年好，妹妹倒是乐得不行，虽然过完年她已二十七岁，但因从小到大一路受我引教，在我面前也便一直似小孩子。

她说大衣上纽扣松了，让我给钉一下，我们一边钉纽扣一边闲聊，我问她时至今日，这世上还有什么事可以刺激到她，她说"亲人去世吧"，我说："生老病死人之常态，都要接受的。"没想她竟一下红了眼睛，她说："你不知道初一那天我一个人在厨房哭。"我问她哭什么，她说刚好看了《四个春天》，里面那个姐姐也是得了癌症，四十岁左右就去世了……

自我生病后，这事一直成了家里人心上的刺，全家人有如惊弓之鸟，当着我的面虽不提起，但实则担惊受怕草木皆兵。

不知怎的，想起小时在乡下，每每有人去世，老人们总是显得很兴奋，大家挤在一起看热闹，甚至预想攀比着日后的"排场"，或许因早年的这种体验有些荒诞可笑，反倒让我觉得死亡不是一件多悲怆的事。

中国人忌谈死，也受不得"死亡"这件事的威胁。我不知自己少根筋还是什么缘故，倒没有显得多惧怕。十几岁之前担心有鬼神之说，二十几岁之前因常年闷闷不乐总觉得"生有何欢死有何惧"，再后来，觉得只要热烈地活过，也便是充分地燃烧过，没有遗憾就好。大概是这样的间隔跳跃，让我对死亡的恐惧迟钝得很。

每个人都有自己的挂碍，我想，我的挂碍大概不在生死富贵上，至于在哪儿，可能一时半刻我也说不清楚。手机里存了很多照片，包括电脑里，相机里，回头再看，多是风景，不是没有拍过人，而是离离散散都删掉了。曾经重要的人变得不重要，不重要的人变得重要，但再重要，依然他是他，我是我，哪怕父母兄弟，说到底，人生是孤独一场，有人作陪有人做伴，但每个人还是在埋头活自己的。

　　高山是比人的生命更长远的事物，日光是比人的生命更长远的事物，甚至连草木都是比人的生命更长远的事物，如此想想，也不得不将执念放下。我在年轻时到过很多地方，也刻骨地爱过，因是长情且敏感之人，很多故地不敢重游，隔了数年，再去，发现对于生活过的地方如此陌生，好似从未来过，便又重新感受一遍，好好地认识一座城市。

　　时间教会我们，风景比人事更长久，因为人事终会散，一段爱，一段恨，一段承诺，倒不一定比一家面馆儿长远，这是人在年轻的时候，不会想到的事情。经历过了，也便坦然。

　　我总记得十岁左右时，因夏天爷爷中暑昏倒我哭得上气不接下气，那时口口声声说假如爷爷死了我也不活了，而今，我三十六岁，爷爷八十四岁，我知道我的人生还长，而他的快到尽头了，当日的话必然不会兑现。

人总是这样越走越孤独，但因这孤独在加重，担当和忍耐也便在加重，从稚子时无法接受任何一个喜欢的人离开，哪怕是自己喜欢的阿猫阿狗，到日后接受那些求而不得的离散之苦，生离，死别，得失，聚散，无人能够随心左右。

看到手机里的一张照片，南国的初冬，阳光晴好，隔着薄薄的窗帘也知道外面阳光刺眼，那是我最喜欢的天气。我记得当时的心情，记得当时的心境，因为一个人在郁郁之中，那时我虽跑到了千里之外依然希望那个人能在我身边。那种期待，那种落寞，那种伤痛，我记得。

但到了今日，再看到那张照片，心下只觉得，那天的阳光真好。痛过的心，不再那么痛了，那么重的期待，也不再那么重了，一切变得慢慢无痕。

而阳光，却依旧好，在记忆里的那一天好，在眼下，也好。

倘若问我对待生死的态度是什么？我想，阳光真好，活在阳光下的人应该幸福，可以有一点点一些些伤心，但不要太久。生命赋予每个人一场旅途，也赋予人与人之间的缘分，缘起莫要辜负，缘尽莫要苦追，途经这人生，认真活过热烈爱过就已足够。

自　娱

年前买了洒金红纸，自己写了一副小对子"春夏闲池云追月　小灶秋冬惯烹茶"，横批是"四时有趣"。因门上位置不合适，横批便作罢。还是不会写毛笔字，几年前买过之后基本没有练过，红方纸便写了几个福字，网上找的字样，照猫画虎。写完发到朋友圈，一位朋友回："我爸练了一年字，今年要写对子，我妈愣是没同意"，我看着笑，之所以不同意大概是"别丢人了"，我回她："可以贴在门里。"

我家的小对子一直都是贴在门里，一是字没学过，更重要的原因是我在门里，贴对子便成了给自己看的喜庆，而不是给门外的人，虽然这违背了贴对子的初衷，但我却更喜欢后者这种自娱精神——一切图自己高兴，别的管它行不行，更不必在意旁人怎么看。

前几日有人在网上给我发了一条评论，说："画了这么久的画，怎么一点长进也没有"，我看后反应如何呢？直接拉黑了。不是受不了评价，不是受不了别人说不好，而是，我连你姓甚名谁都不知道，一个彻头彻尾的陌生人上来就如此说话，实在是做人有问题。至于画得好不好，有没有长进，需要如何画，我自会去请教我认识的画画的朋友，而不是凭空跑出这种人指手画脚。

要是以前，我可能还要分辩几句，现如今，直接拉黑。时间宝贵，去做自己喜欢的事还不够，怎么分给这些乱七八糟的人？

前几日一个视频里，罗翔老师讲读书这回事，大意是说，读无用书是为了使自己内在更丰盈，而不是变成一个所谓技术高级的人去与他人争辩刷优越感，这也是为什么明明有些人是读书人是知识分子却讨人厌的原因，因为"炫技"嫌疑实在是太明显。书读得多的人，很多时候对待他人会有一种优越感，我们过去通常说一个读书人清高，但其实并不完全如此，清高并不讨人厌，甚至有时会受人尊重，我们讨厌一个人的做派不是他的清高，而是他有意或无意对待他人所散发出的那种鄙夷傲慢——尔等皆凡俗。

如果说知识是有门槛的、有界线的，但智慧其实是没有的，人人皆可通过自己的人生路径获得智慧。这一点上，殊途同归，既然殊途同归也就无所谓高低，只是分工不同，有人负责盖房子，有人负责种粮食，有人负责传道授业，有人负责管理国家。所以我们只听说，一个聪明人会鄙视他人，但从未听闻一个智慧的人会鄙视他人。

中国文化中，有一种很畸形的文化，就是"丢人"。你贫穷，你丢人，你相貌不好，你丢人，你成绩不好，你丢人，人家有房有车，你没有你也丢人，你连出门走路绊倒了摔一跤你都丢人……这就是我们长期以来很畸形的一种"过度自省"，这种"过度自省"是完全不必要的，因为它建立的基础全部都是"别人怎么看""别人是不是笑话我"，难道摔倒后第一件事不是检查下有没有伤到吗？衣服脏了回家换一件，伤到了就去问诊。这跟丢人不丢人有什么关系？

对抗这种"过度自省"的是什么？便是"自娱"，即我高兴就好，我做的这些就是为了让自己高兴让自己满意，管它天王老子。这是一种很蛮横的生命力，所以我们遇到那些自娱的人，总是不禁受其感染，而对于"过度自省"体系下生长的人，无论多技高一筹，总是显得要么自大，要么畏畏缩缩。

自大也好，自省也罢，自娱也行，自负也可，无论哪个词，我们首先用到的是"自"，即一个人的"自我"，很多人的"自我"是建立在别人眼中别人口中的，这样的"自我"没有根基，看似热闹却没有真正的生命力，而真正的"自我"是一个人无论在何种境地下的生命力啊。

第二章

这是造物主别出心裁的安排，
当一件对我们至关重要的事情在日渐削弱的同时，
另一件对我们至关重要的事情同时也在日渐壮大，
每个人最后都需要自己照亮自己。

两 个 我

前段时间把身边朋友们吓了一跳，因为我问他们我要不要去看心理医生。这实在让众人意外，大家纷纷问我到底怎么了。我说："我不知道一个极感性的我和一个极理性的我并存，是不是正常？"大家听完松一口气，说还是别去找心理医生了，因为这不是心理医生的咨询范畴。

细想想，每个人每一天不都是处在矛盾中吗？想得过且过与世无争地懒着，却又想对现实摩拳擦掌大有作为，一边想颓丧一边想振作，一边遗忘一边又缅怀，一边咒骂一边又热爱，说要放弃又屡屡尝试，说争取却又止步不前，说与人为善碰到不好的人却一秒钟怒从心头起，那就让不好的人没有好报吧，结果对方真的落难又心生恻隐……归根到底，人就是这样层次复杂心思多变，我们难以驯服自己的情感，也难以驯服自己的心，或许，它从未统一过。

不统一就充满矛盾，有矛盾它就分秒都在拉锯，像两组小人儿，都在呐喊，一会儿这边多一些，一会儿那边多一些，到底是把主人折腾得半死，但看表面，又是巍然不动的，一个一脸看上去肃穆的人，说不定内心已经打了三千回合。年纪越小的人，越会把这种内心的折腾反映到表面上，而年纪大的人，则表面按兵不动，怕闹到面子上来被人笑话。

想起二十多岁时与某任男友在街头闹别扭，虽没有大吵大闹但基本也是失控大哭，而今再想，哪里还容得下这样的场面？见着要失控赶紧打车走人，要哭也是自己回到家一个人哭去。姿态变了，变得遮掩变得隐忍，内心反倒更委屈。

所以，都说中年人麻木，怎么会呢，那是他们的脸上麻木，心里其实脆弱得要死，弄不好比年轻时候还脆弱。但这脆弱，到底是人后的，是拉了帷幕的，等到光天化日的人前，又谈笑风生起来，好像得失都不是他自己的。

这实在很分裂，分裂便会痛苦。

而于我来讲，这分裂更甚，一边是极大的理性逻辑叙事，另一边是极大的感性情感叙事，分裂到连中间模糊地带都没有。有了解我的朋友劝我，说你让自己往中间模糊地带走一走就不会这么辛苦，但我知道我是做不到的。于是两军列阵，却从不交火，因为知道谁都没有胜算，就这么常年僵持，哪一方都寸土不让，立在城墙如同铁人，怎不辛苦？

　　别人的心打作一团，打出个输赢来，而我的心，却常年处于步兵列阵紧张备战的状态。一定没有输赢吗？我其实想问问心理医生如何让它们打起来，打出个输赢来，或许有个输赢结果我就不会这么辛苦。但自己其实是隐约知道答案的，大概只能一直这样下去，便只好安慰自己说这算不算"天赋异禀"？其实有这"天赋"的人并不少，尤其对于创作者来说，这是一种长期形成的敏感，所以，便要为此承担精神上的苦痛。

　　另一方面精神领域越是开拓的人，可能在肉身上越是羸弱，基本没有见过搞创作的人身体好得跟运动员一样，多是病病痛痛，脊椎病、胃病、头痛、腰痛这些怕是创作人的常见病。前几天见武志红老师在微博里说以前以为那个精神强大的自己就是"自我"，所以以为自己很强，其实不然，肉身与精神的组合才是"自我"。因此精神领域驰骋千里的人，说到底，精神跑得太快了，反倒让肉身因此受苦，按理说二者之中需要平衡，但可怖的是越是肉身受苦的人反倒精神跑得更快，此番拉锯更是两极。

《黄金时代》中肖红坐在鲁迅身侧，鲁迅一边抽烟一边说："我这一生，好像是在不断生病和骂人中就过去多半了。"虽是演绎版本，但何尝不是很多文人的写照。一边是日渐枯朽的肉身，一边是越烧越旺的斗志，或越流越远的长河。

我们对这个世界，总是骂着又爱着，对他人，信任又防备，对自己，训诫又纵容，对苦难，恐惧又果敢，对幸运，欢喜又忐忑……说到底，我们无法驯服自己的心灵。它总是既爱着又痛着，既猎取，又闪躲，想把鱼钓上来，又觉得鱼在江河里本就是好的。

所以，生而为人，盛此多变莫测之心的载体，只能默默受着。

很多事你只能独自经历

已过零点，也便真真到了 2020 年的最后一天，即便是按农历年算，今日也便是除夕了，跟朋友在微信里互道了晚安，却又睡不着。

想起一位朋友，几个月前被裁员，已经年近四十，加上手上没什么积蓄自己平日又多病，一时间内忧外患，他跟我说他恐怕是抑郁了，我劝他去就医，他又说怕医生真的诊断他是抑郁了……一时，竟不知说什么好，说什么都显得轻薄，痛苦总是别人的，踏踏实实发生在谁身上便是谁的，说理解，说感同身受，其实，不过是隔岸观火。

这两日刚好翻看女作家黄佟佟新出版的小说《头等舱》，她在最后里写："有人说，我看你这个小说明明就是一个长得不怎么好看的女孩撞上风口发财的故事嘛。如果说你只看到这一层的话，恭喜你，你是一个不怎么悲观且容易快乐的人。因为我看到的是一个特别悲怆的故事——四个昔年最漂亮最有才华最骄傲的大学女生，在二十多年之后，一个疯了一个残了，两个废了。尽管她们那么努力，但生活的伤痕一一留在了她们心里"。

可见，同一个故事，同一种际遇，每个人的感受其实大相径庭，有时说理解，甚至都显得牵强。人在年少时或许特别希望自己有与他人共情的能力，那时候热烈地爱着热烈地期待热烈地相信美好的事情，哪怕眼下不那么好，但相信总会好起来。而到有一天，成了中年人了，或许要告诫自己不要有那么强的共情能力，为什么？因为你终于得知每个人生活的真相，好像都是伤心的，不能说一直苦味，但几乎每个人都是伤过心的……这还不足以叫人难过吗？

前几日一位女友夜里打电话给我，我以为出了什么事情，她说她周末要做个眼科手术矫正近视，她说她已经紧张得好几天睡不着了。我第一反应是她如此紧张确实有些夸张，要知道这技术已经有多成熟，何况矫正视力本就是好事，然后我想了想，跟她说："也是，说明你人生到现在为止，还没有遇到过什么太大的事情，你的这个紧张兮兮倒是好事。"她在那边想了想，说"是啊是啊"，我说那就一直这样紧张兮兮下去吧。

那些平静的人，都是经过磨炼捶打的人，都是见过风浪的人，都是经历过自己人生里暗黑时刻的人，因为经历过了，再来一次，再来两次，反复再来，也不过尔尔，所以他们越来越平静，因为他们知晓紧张也没有用，惧怕也没有用，该来的还是要迎头赶上。

如果一个人到了中年，遇到一点小事还紧张兮兮的，说明她幸运。朋友说："哎，也就你这么安慰我，我跟×××她们讲，她们都觉得我发神经。"我又一想，那几位女友，都是生过孩子的人，所以在她们看来做个矫正视力的小手术当然不值一提。

生孩子自然是经历苦难的事情，也可以说，生孩子和经历苦难其背后的逻辑是一样的，一个人经历过大苦难，经历过大疼痛，再看别的事便显得麻木了。

想想我二十岁左右时，在一座陌生城市的夜里十点钟的站台上心生凄惶，其实什么都没发生，只是觉得在一座陌生城市里，自己孤身一人，这场景有些"悲凉"，那时候的我当然不知道此后人生要经历的"悲凉"的事比这多得多，比这大得多。回头再看，当日站台上的那个年轻姑娘，那哪里是悲凉？根本是年轻人的多愁善感。

那时候的那个年轻人对未来一无所知，她不知道此后还要发生多少不顺心的事，甚至是痛苦的事，但诡谲的是当这些事情真的发生的时候，她心底再没感到悲凉过，反倒是越战越勇，于苦难之中成长起来。所以，我想走到十多年前的那个站台上，跟那个心生悲凉的年轻人说："小姑娘，你的未来很不错。"

如果那个人在二十岁时得知这些，大概是要疯掉的，但到了三十岁四十岁，却在感慨命运已经恩赏不薄。所谓成长，大概是人在时间中终于明白了活着的旨意，明白了如何活下去，或者乐观一点让自己如何活得更好。

而这些，你是无法讲给一个二十岁的人听的。那时，她的痛苦还在月亮上。

我跟朋友开玩笑时常说一句话："如果不是我这身体所累，大概我要跑出地球去"，是玩笑，也是欲望。但现实就是为身体所累，想发力的时候发病，休息调养，以为可以发力了，结果又发病，几次三番下来，我有些觉得或许这就是命中注定。

前两天去逛国博，走到第六个展馆时腰部不适再度严重，坐在展厅里屈伸，然后提前出来回家，以为走多了累到了，结果看看手机计步尚不到四千步……这种所累，如何预料？

他人呢？或许有些人跟我一样，有些人跟我不一样，有些人被身体所累，有些人被运气所累，有些人被际遇所累，有些人被欲望所累，有些人被智识所累，有些人无法生欢喜心，有些人始终痛苦……众生百态，谁又说得清楚。

黄佟佟说，她不知道当年那些意气风发的人怎么就疯了，她们到底经历了什么。她在书里让一个女人疯掉了，而在现实里，则疯了一百个一千个女人和一百个一千个男人。他们经历了什么？他们经历了各自的人生，只是经历的时候，扛不住了。

这种经历是旁人无法代劳的，若有人在旁搀扶一下已是幸运，但他人不会感同身受，我们常常怨责为什么旁人不懂我们的苦痛，这个世界为什么要带给我们如此多苦痛，我们甚至觉得自己被针对，但倘若你去花些精力问一下旁人，谁又不是这样呢？每个人都活得如此辛劳。

我愿一个人永远有二十岁时的运气，认为站在深秋的站台里等夜车便是极悲怆的事，但我知道，这愿望几乎不可能，他必然在他此后人生中经历过真正悲怆的事，那我愿与此同时她在苦难中生出坚韧之心，不自怨、不自抑、不自弃，我想，这便是还不错的人生。

某些时刻，你感到幸福吗

　　早上醒来，发现阳台上打了花苞已经一个多月的蝴蝶兰竟开了第一朵，在本年度最后一个月份的第一天。许是近日气温回升的缘故，原本好些日子不动声色的蟹爪兰也跟着开起来，圣诞夜种的菜籽儿别的倒还没有出，但小葱已经长了出来，加上前几日表妹送的一大盆红彤彤的富贵子，一时间阳台上竟热闹开来。

　　养花、养鱼、养宠物与恋爱一样，最不易的是最开始的阶段，彼此的不适应容易"猝死"，倘若能养下来倒成了"自己人"，于是也便共荣共生了。共生之后，开始形成一个氛围，所以你到一个人家中去做客，倘若这人平日是细致一些，你便会在他的家中处处感受到主人的气息和性格，环境与人的相互塑造，大抵就是这么一层循环。

公历时已然 2021 年的 1 月近半，但农历时仍然停留在 2020 年最后一个月份——腊月。腊月是个有魔力的月份，好像能在冰雪中冻住一个世界，冻住三秒钟，然后人们醒来后忽然就从平日的忙碌中开始转念出来准备过年。越在天寒地冻的北方这种感觉越甚，人们数着快递什么时候停发，虽然工作日还在继续，但大家心上的"收尾"其实在快递停发时也就来临了，剩下的不过是数着日子等法定假日的来临。

因疫情关系，恐怕今年春节又大受影响，多半又要"各自过年"，对于早已习惯独处的我来说这和平日无异，但对于家长来讲如果不能一起过个团圆年，多半是要伤心的。但我总觉得现今网络的发达，已经将人与人之间的"思念"冲淡了许多，由写信到通话到语音到视频，你想念的那个人往往在十几秒钟接通后便会出现。由此，这个人好似成了一个"在身边"的人，便也不再需要花费很多心力去惦念。

但有一种感情除外，便是爱情。爱情实在特殊，它是那个人就在那里，甚至真的就在身边，但你还是想念对方，你恨不得穿到对方灵魂里，哪怕穿到对方灵魂里也不足够，这种想念太过激烈，与之尚可比较的大抵是人在幼年时想念自己的母亲。我有时想，人们过于沉迷爱情，或许正是由于它是个极特殊的模式，在平平无奇近乎麻木的日常中，突然就一个电光石火让人发疯起来，让人变得敏锐、脆弱、矫情，这些算不得正面也谈不上负面的情绪让我们意识到"自我"的存在。

终归，人是自己的叛徒，所以一切强烈的感情都并不长久。我们总是想要一件东西，却又同时想要另一件与之完全相反的东西。人难以保持"满足"，因此，便难以保持"幸福"。心理学家马斯洛说"人是一种不断需求的动物，除短暂的时间外，极少达到完全满足的状况，人生本来就充满缺憾，完美人生并不存在于现实生活中，人生虽不完美，却是可以令人感到满意和快乐的"。即便，这些过于美好的感受，都非常短暂。

某个清晨或黄昏，在某座山顶路过某一片云，一朵梅花或一朵睡莲各自开放，在一个熟悉的房间或一个陌生的房间醒来，收到某个人的问候或礼物，或者，什么都没发生，在随意的那么一个时刻，你突然就感到幸福和满足。

时　　间

因为所有人对 2020 年疫情的恐惧逃离，便显得大家对 2021 年的开启迫不及待。元旦日，在家中设小局，邀了三五好友，下厨开酒吃吃聊聊，晚上宾客散去后发现自己腰不能动了……腰痛再次发作，睡前贴了止痛膏，夜里却觉得止痛膏才是"祸端"，起身撕下去，一用力竟差点疼晕过去……

新的一年便这样拉开帷幕，始料未及。去挂医院急诊，急诊楼里一片哀号，多是受严重外伤的人，分诊台的护士说"有外伤吗？"我说"没有"，护士说"那挂什么急诊？你等会儿吧，我打个电话问问"。直接安排我去了诊室，医生花了几分钟诊断了一下，我问："不用挂个号吗？"医生说："挂急诊号的都躺着进来的，你这还能自己走进来，轮不着你挂号啊！"

医生倒很实在，写了两个药名，让我去药房买药，特意嘱咐不痛不发作的时候不用吃。我问："那怎么治？"医生说："你这只能靠养。"行走坐卧穿衣洗脸如厕多有不便，只得申请在家办公，在家办公得有医院诊断证明书，于是就近又跑了一家医院，拍了片子，确定不是骨头损伤，我问医生既然不是骨头损伤为什么疼起来那么厉害？医生说，你这是老化，所以这个情况是不可逆的，只能平时多注意好好养。陪我同去的两名不到二十五岁的小同事，听完扑哧一下当场乐出来，我白了他们一眼说："且看时间饶过谁！"

想想我二十五岁的时候，也必然不会相信一点点冷风冷气就能把人放倒折磨个死去活来，说给年轻人听谁信呢？常给我推拿的一位师傅说："你放心，我们这一行，以后光景好着呢，你看现在年轻人多能作，他们越作，以后越得靠我们！"

不是现在的年轻人多能作，是什么时候的年轻人不作呢？

所谓年轻气盛，最根本的底气来自身体，像一台刚刚启动的机器，一切都是新的，因此好似解决掉一切难题是唯一的结果，年轻人的自信来源于未来可期，好像没有什么不能被时间解决掉。

然后发现，时间可能确实解决了一些问题，但更要命的是，时间也快把我们自己"解决"掉了。一个二十岁刚出头的人，谁会想着腰酸背痛腿抽筋，谁会想着三高三阳又秃头呢？我跟我的小同事说："多穿点儿吧，今年冬天冷。"小同事说："没事儿，我能活到三十岁就行！"

　　玩笑吗？戏谑吗？在我十八岁之前我一直觉得我能活到十八岁就行。因为对年轻人来讲，"时间"是太漫长的过程，太过缓慢，它好像静止不动一样，所以你以为十八岁永远不会来，三十岁也永远不会来。

　　结果，你在十八岁没有死去，在三十岁时开始努力求生。

　　王小波在《黄金时代》中写"那一天我二十一岁，在我一生的黄金时代，我有好多奢望。我想爱，想吃，还想在一瞬间变成天上半明半暗的云，后来我才知道，生活就是个缓慢受锤的过程，人一天天老下去，奢望也一天天消逝，最后变得像挨了锤的牛一样。可是我过二十一岁生日时没有预见到这一点。我觉得自己会永远生猛下去，什么也锤不了我"。

　　所有二十一岁的人，大概都这样想，想想有什么是横在一个二十一岁的人面前的难题呢？什么都不是，连死亡都构不成威胁，如果死亡定要降临，在那个时候大抵还有种壮美，但谁会形容一个人活着一点点老去，身心的头颅越来越低是种壮美呢？

前几天圣诞夜的时候，我一个人在家中颇有些伤感，这种伤感对我来说并不陌生，从我少年时起，每逢年节总是很伤感。但今年的伤感是因我忽然想到了林黛玉，虽然我读了几遍红楼，从最小时喜欢林妹妹，到后来不喜欢，喜欢的人变成了宝钗、平儿，甚至王熙凤。黛玉作为孤女纵然使人生怜，但她好似没有为自己挣扎过，没有为自己挣扎过的人生格外凄绝，但宝钗、平儿、凤姐儿这些女性却在扎扎实实地面对"如何活下去的苦"。

我之所以感到伤感，不是因为可怜黛玉，而是我忽然意识到不知从哪一天起，我开始不可怜黛玉了。而究其根由，更加惭愧，我们可怜同情他人大抵因为我们比他人"富有"，而有一天，你发现自己早已干瘪，又哪里来的丰盈的多余的情感去同情他人？

我们恨不得对林妹妹喊："林妹妹，你加油啊，你要靠自己，你可以的！"看似在给对方打气，不过是不想面对一个女孩子的哭哭啼啼。因为，我们自己的生活都已无暇顾及，又哪里来的心思听另外一个人的枉自嗟叹善感多愁呢？

多年以前，在豆瓣上有一个姑娘的留言让我分外感动。面对"如果有一天的时间你可以跟电影里的一个人物交换，你想和谁交换？"的问题，姑娘的答复出乎意料，她选的是《被嫌弃的松子的一生》中的松子，她说她家庭美满婚姻也很幸福女儿也很可爱，人生顺风顺水，所以她想交换松子的，让一直被嫌弃的松子开心一天。

这个答复让我感动至今，只是，在很多年后，我忽然萌生了一个新的问题，假如这个好心的姑娘自己的人生也不够好，但相比松子稍微好那么一点点，那么，她还愿不愿意去和松子交换一天？

生 日 快 乐

　　一晃儿，就要到本命年了，也就是三十六岁，细心的读者会发现我在这本书的另外一篇文章中写到还不足三十三，可见时间很快，以及，我写作的时间跨度很大。

　　印象中大多数人过生日时都很开心，我想大概因为这是每个人的纪念日，它的意义要比年节的意义更重大，它是每个人的生命刻度。从小我就很盼自己过生日，因为我生日非常晚，是每年农历的腊月十二，也就是我过生日时已经在放寒假了。在外做生意的父母基本会在这前后回来，所以我一直觉得我的生日是个时间的标志。直到今天依然如此，我身边的朋友已经开始越来越习惯我这个特殊的设置，每年过生日时我都会组织一大批人唱歌，庆生倒在其次，平日大家忙碌没有时间聚，我的生日时间刚好是个年终收尾，便会以庆生的名义把大伙儿聚一起。有朋友开玩笑说，我每年的生日聚会搞得好像办年会。

如果时间倒退十年，我绝想不到十年之后的我是个热衷组局的人，十年前的我内向闭塞，甚至有些厌世。所以，人是会变的，这种变化在我们自己的预设之外，这是很有趣的事情。常有很多人跟我讲述苦恼，我的答复往往是"这个问题可能三个星期或三个月后你就解决了，而三年后，你甚至会不记得这个问题"，这是时间的真相，它将人改变，让人遗忘，也让人成长。

人大抵就像个瓶子一样，能装的东西总是有限的，要隔段时间清一清，理一理，才能放新的东西进来。当然，未必新的东西就是好东西，有时候回头看，我们某段时间热衷痴迷某件事情的程度好像我们中了邪一样。

有必要讲一讲我忽然就"性情大变"的转折点，这件事与一个人有关，二十六七岁时我在他身边工作。在那之前，我是个不折不扣的文青，甚至有点愤青，以及加上很大程度的颓丧，如果形容那时候的我，大概"我的世界只有我"，或者我一直在苦苦问询"在这个世界上我是谁"。这个人的出现，重新架构了我的世界观，从而我的人生观开始清晰起来，这就好比当你不了解这个世界时，你会跟人形容你在一段海岸线上，但海岸线那么长，你怎么描述清楚向他人明确传达？于是，在确定了世界观和人生观的描述里，你的海岸线开始有了经度和纬度。没错，那就是你为自己明确标记的位置。从此，你明确了自身，开始知道自己与这个世界不是模糊而割裂的，你们有着紧密的联系，你既需要听到来自外部世界的声音，也需要让自己有所回应。

在此之前我一直凭着本能和直觉在我的迷雾森林中一直穿行，当我的世界观架构清晰后，迷雾散去，可以通过天上的太阳判断方位，这个过程，也正是我的价值观逐渐形成的过程。

我不知道一个人在二十六七岁时才开始形成世界观算不算晚，但好在，它开始构成了，当它逐渐稳固后，它解救了我。所以，对于当时影响我的这个人，在心底，我终生感激。

同样是这个人，那么聪明、智慧、博学、老练，依然会有烦恼，依然会有不开心，依然有怅然若失和无可奈何。于是那时候我开始明白，人生是无止境的修行，没有一个所谓的尺度和标记让你达到某种"常乐"的状态，对于精神世界和心态的满足，可能远比获得外界的收益更难。

我由原来发问"我来这世界上做什么？"变成"既然来了，扮好你的角色"，从那时起，我心底厌世的想法或者说对这世界抗拒又排斥的想法开始慢慢消退下去。

人生苦短，有趣的是，我们不停在衰老，我们也不停在成长，肉身衰老至消殒，而思想还能以其他方式留存，肉身身陷苦难，思想却依然还能发光，多么不可思议。我想这是造物主别出心裁的安排，当一件对我们至关重要的事情在日渐削弱的同时，另一件对我们至关重要的事情同时也在日渐壮大，每个人最后都需要自己照亮自己。

生命的渡船，由此岸到彼岸，我们除了遇到风浪阻击，也有其他奇妙际遇，每个人如果愿意，都可以给自己写一本航海日志。

所以，纵然衰老是有些无奈的事情，但成长终归是豪华礼包般的奖赏。

因此，生日自然应该快乐啊！

梦 中 人

  大概在三十岁之前，我一直反反复复梦到一个人，我认识他的时候应该在十六七岁。少男少女的喜欢，他喜欢我，可惜我情窦未开。于是此后三年的高中时期，我与此人便成了若即若离的状态。说相熟，又不是日常在一起，说不熟，彼此会格外关心留意一些，比同学关系或朋友关系始终微妙一些。

  其实，我是从那时开始常常梦见他，只是我的性格是"打死也不说"。就这么压着，一直压着，压到他去追求其他女生，压到毕业分开，压到后来彼此再没见过。或许，正是这种"压着"促成了他常年地极偶尔地到我的梦中走一走。

梦中场景像老旧影片，大概是我们都已成年各自分散很久，我回到家乡与他重逢，我问他："还好吗？"他说："还好。"我说："我写给你的信呢？"他说："都收着，我也回给你了。"我说："嗯，我也有收到。"大概都是这样短的场景，每一次多是重复这样的对话，而现实里，其实我们彼此从未写过信，也再没有联络过。

他始终出现，无论我当时有没有男友，他都会出现，在梦中是同样的场景，甚至是同样的季节，以同样的口吻说话。我们总是在梦中的秋天的午后重逢，因为秋天是我最喜欢的季节，他定是穿着毛衣出现，我最喜欢男生穿毛衣的样子，他逆光站着，不是很看得清面容。不热烈、平静却相互笃定，梦里那个人就一直在原地。我将这个反复出现的梦境讲给我最好的闺蜜听，也是当时一起的同学，她说："你们俩这算不算错过？"

我仔细想想，不算吧。我梦中梦见的人，甚至未必是真的他，而是借用了他的形象，是我内心深处渴望和期待的情感模式。有这样一个人，始终站在原地，若有若无地牵挂，若有若无的爱意，若有若无地等我，如果我回来，便可修成正果，如果我再离去，依然是若有若无的循环。而之所以借用他的形象，大概因为他当时是一个长得好看的男生。

我梦境的强大之处，基本上可以帮助我与任何一任男友完成真正道别。两人闹到分手时，当下总是怨偶，各自在气头上肯定不会有什么所谓体面又好好的道别，如果能体面又好好地道别，恐怕根本就不会分手。人在冲动下哪里顾得那么多，话没说完就拉黑，事情还没搞清楚就让对方滚蛋，这种事情在现实里太常见。而冷静之后呢？发现其实各自有错，要打三十大板，也就觉得之前那个讨厌鬼其实没有那么可憎，甚至再想想，竟也有些许好。

　　这便是人在分手后贼心不死又回头望的地方，但我就像自己前面提到的"打死不说"——不说便没有起死回生一说，那就原地赴死，但之前死得太仓促，得重来一次，体体面面的。不过你会在现实里跟已经分了手的前任说"邀请你出来一下，我们正式地体面地分一次手"吗？我想但凡还能克制住自己不发疯的人都做不出来。但又想要这个仪式，怎么办？梦里好好聊一聊。

　　因此在梦境中完成多次分手仪式，两个人坦坦诚诚地把话说开，然后发现纵然有遗憾不舍，但就是无路可走了，那就分吧，也便甘心接受，偶尔有真实得少不得哭哭啼啼无语凝噎的场面。醒来后，外面天光，舒口气，也算是翻篇了。我跟朋友聊起，我说我的梦境总在搭救我，朋友说，你这是心里憋坏了呀。

其实哪里有人来梦中赴你的分手仪式呢？站在你对面的，与你对谈的、与你和解的、与你开诚布公把话说开的人，其实是你自己。不过要借由对方的口，借由对方的口说出来你便死心，如果是自己这样想，总还怕错过什么。于是梦里那个人开了口，用他的嘴说出了你的定论，你也便死心了。

一个持续了十四五年的梦境。那后来呢？

后来从朋友那得知人家已成婚，也便不再梦见了。

没有道别吗？有的。

道别的场景一如开篇描述，只是变了对话内容。我问对方："我写的信你都收到了吗？"对方拿出一摞信给我，他说："都在这里，还给你吧。"我不解，问什么意思，问他给我写的那些信怎么算。对方说："我从未给你写过信，这么多年都是你一直寄信过来，都在这里了。其他的，都是你臆想的事情。"

梦醒，这个连续的梦，延续十多年的梦，也就结束了。朋友听完爆笑说："虽然这梦里最后有点悲伤，但我不得不说你是挺有道德感的人，你连在梦里都不插足人家的婚姻！"

爱是痛的

　　一年多前开始，因工作关系，接触博物馆文化，工作需求要学习了解，一来二去竟也开始买画板、画笔、颜料开始画起画来，最开始以为一时兴起，没想到一画下来竟然已经画了一年多，颜料从丙烯也过渡到油画，中间竟还卖出过几幅。

　　仔细想想，平日花在画画上的时间，好像竟比写字时间多，大抵是因为画画更让我轻松开心，是纯粹的放松。而写作，因是有宗旨有倾诉有要自己表达的东西，便是下了真力气。下真力气这回事不是说不好，而是会跟着心累。所以我写作时，基本上都不是愉悦的，略带些低落苦痛，要全篇写完再看，满意了愉悦才会升起。但画画，因不是本职，便没这样的压力，大不了画砸了再重新画，或者索性不画也可以，没有心理负担没有太多心思反而更加单纯专注，又因本就是零起点，反倒稍微进步一点点就已很开心。两相对比，怎么看，画画都是让我更开心的事情。

这里就出了一个矛盾——让你最开心的事情未必是你最喜欢最在意的事情，而让你最在意最喜欢的事情，其实未必让你最开心。这便是人的难两全，我们对不够爱的事物松弛有度，对于爱的，反而紧张笨拙。

人对于自己真正爱的事物，总是战战兢兢如履薄冰，哪怕是偶尔充满自信，但这自信里也带着痛苦，究其原因仔细想想，一幅画画不好很重要吗？一篇稿子写不好很重要吗？一道菜做不好很重要吗？一支舞蹈没跳好很重要吗？对于真正爱它的人，就是很重要。而由旁人看来，或许是稀松平常的小事儿，觉得大可不必如此在意。

说到底，是因为爱。所以，从某种角度讲，爱是个中性词，它不是仅仅只有好的一面，它带来的光明越强烈，暗影也就越凸显。爱，这件事本身带着创造力、动力，同时意味着危险性和破坏性。

时至今日，我们看到那么多史上留名的大师大咖大艺术家，他们平生多痛苦，甚至从某种角度讲，我们会认为这个人稍微有些精神疾病，至少不是很健康正常。而与此同时，他们将他们的热爱，投到对艺术和创作的执着中。如果以世俗的角度看，会认为他们甚至在自找麻烦自寻苦痛，这也一度是我曾经的想法。但如今再想，换个思路，是不是当一个人有过于热爱之事时，这个猛烈的爱本身是不是就意味着苦痛？

我想，大概是这样的。因为对于所爱之事所爱之人，我们无法驾驭自己的内心，它想要狂奔出去，你勒不住它，只能任由它拖着你。

我敬佩那些修行者，或者那些可以约束内心的人，这是很大的修行。或许在现实中，我们可以约束自身的行动，比如我们不妄语不骂人不与人结怨，但内心往往会充斥矛盾和嫌恶。由爱生忧，由爱生怖，若离于爱者，无忧亦无怖。即便知道此等宗哲，又有几个人能真的做到呢？

于是，我们爱着、忧着、恐惧着。因此有了凡俗、有了红尘、有了人间情仇。说到底，这是人间故事。或许，这就是人类的特性吧，再往大点儿说，人类的历史之所以可以延续是不是正因为这些不能自驭的人性呢？这么一想，或许，也不尽然全是不好。

尽管，爱是痛的。

平 凡 生 活

　　去 798 艺术区拜访合作公司，想起若干年前在 798 附近开画室的一位朋友，说是开画室，不过是租住个空间常年作画，一直在画，却好像没怎么卖出去过，反倒是他偶尔帮杂志或网站画的小插画维持了收入尚且能够度日。

　　城市不断改造，生活成本越来越大，这位朋友坚持个两三年后也就坚持不下去了。后来他离京，离京前我请他吃饭给他饯行，他感慨如果能像那些大艺术家一样多好，名利双收何至如此窘迫。我心下想，哪里那么容易呢。

　　自他离京后，我们已经多年未见，人生从二字头也早已跳到三字头。还记得他有一次很郑重地跟我说："以后你若是为人母，应该是个很爱孩子的人，你的孩子应该幸福又快乐。"这点我倒也算深信，大抵因为我不是个以世俗价值观去评价成败的人，为此，在一众朋友中倒显得宽厚，他对我的此番评价，大概也缘起于此。

朋友便是如此，一类是同你一起长大的，一类是成年后交往需要日常维系的，平日联络少也便越来越淡。他离京后不久我们联系还算比较频繁，每年冬天生日他都会画幅小画送给我，持续有三四年，再往后，也就联系越来越稀疏了。

我知道他后来去了云南，去了四川，又回了广东老家。中间也短暂回过北京，交了一个女朋友，交往大半年，两人分了，他便也又走了。我问他："还在老家吗？"他说："还在，疫情一起，也不知道去哪儿。"

大抵因为是旧识，他主动与我说感觉自己这么多年过得很虚无，也说旧日友人基本都没有什么联系了。我问他近况如何，他说在老家跟朋友开了个小餐馆，也算忙碌。"还画画吗？""我已经好几年没画画了。"……这是我没想到的，当初他在北京拒绝出去工作，就为了闷在自己画室里昏天暗地以为自己终要搞出一点名堂。

生活上能省则省，基本维持最低消费，所有的钱都用来交房租和买画具、颜料。我那几年频繁地往艺术园区跑去看展，多半是他带着我，当时见面吃饭多是我主动请客，他总过意不去，我则半开玩笑说："等你成大画家了，多画几幅画抵给我。"

我那时并不很赞同他如此一意孤行的做法，但毕竟，那是别人的人生，作为朋友，只能保留意见，他偶尔与我诉说不如意时，我也只能说"你自己喜欢就好"。

自信是属于年轻人的东西，哪怕是盲目的，因为年轻人以为天生我材必有用我辈岂是蓬蒿人，何况此后人生那么长，但时间其实是不消细想的东西，一个年轻人还未来得及反应，恐怕已被甩至中年。人至中年，一切发力都在递减，甚至是断崖式下滑，很多彻头彻尾的理想主义者这时才猛然抬起头来，环顾现实如此茫然。

我虽不是一个功利的人，但随着年纪渐长我越发赞同人要活得真实一些接地气一些，把根扎到现实里，倒不是一定要取得什么俗世的功名，而是唯有如此才能对抗人生的虚无。我身边已婚有娃的朋友们从不觉得虚无，因为每天零零碎碎的烦恼就能让他们忙得要死，哪里还有空隙感慨人生虚无？

而那些自在一些可以做自己主的人，倒是逍遥。但从另一个角度讲，也便生出一丝虚无的味道，说不上好，也说不上不好，只有当事者自己平衡。

我能察觉到他言语间的失落，但我没有往深里追问，任何问答在已既定的人生面前都显得无力，我要问他如果重新来过，他还要选择如此一意孤行地度过自己的青春吗？可是，谁又有答案来对比，到底哪一种人生才是好的，哪一种人生才是遗憾少的。

他拍了张照片给我，说："你看，我开始有白头发了"，背景是他自己的店铺，很普通的装潢，完全看不出出自他手，年轻时他东奔西走帮人装过不少店铺，我想问问怎么不自己多设计下，花点儿心思呢？想想算了，也许，就这样普普通通的样子也不错。

夜 里 写 诗

　　会在夜里写诗，尤其是冬夜，或许是神经最敏感、情感最饱满的时候，无处发泄，化为文字，假设一个特定的对象，一个有暖意的人，一个常年陪伴无比熟稔的人，一个人向另一个人倾诉。

　　都市的生活让人感到千篇一律日复一日，常看着林立的楼群觉得茫然凄绝，一个房间里包裹了很多人，但很少有人在意你是一个怎样的人，是开心的人，还是伤心的人。我常想象如果我们把墙面拆掉，我们去看每一个房间里的人，会看到什么？观看之后，我们会觉得安慰一些，还是更茫然绝望？抑或没有感觉？

倦怠，是城市生活的日常。人好似被绑在时间上，不停地转，每一件事情都有具体的时间段，人只是一个被设置在时间轮盘上不断打卡的工具。

我总是需要解救，那些鲜活的温度和味道，比如冬夜里一炉烤地瓜的香气，比如糖葫芦糖层的晶莹，是这些东西，提点着我——生活还在继续。而不是时间，时间从某种意义上讲，毫无用途，虽然它总是有这样或那样的大手笔，但对于过于敏感的人，他们都是时间的叛徒，他们总是早于时间或晚于时间，他们不承认年轻，也不承认年老，不因新鲜而雀跃，也不因故旧而失落，在这点上，时间无可奈何。

是有另外的东西在让你难过，那些看得见的、看不见的、感受得到的、感受不到的。一颗星星、一段往事、一片叶子、一段思绪，或者，还有什么更深的东西，模模糊糊影影绰绰地在心底记得，渴望，但无法捕捉，始终在，但难以界定，我们被这些莫名的情愫折磨包裹。

为了对抗，要开始我自己的小把戏。

拼图、织围巾、粘玻璃、画画……让手忙着，让心不乱想，但不能够，情绪依然磅礴，它没有被散开，甚至越撑越大，好似在体内的气球要爆裂，那种感觉异常难挨，我常常要花数个小时将其消解掉，声音、光线、湿度、气味、节奏……一切要刚刚好，像个神秘的仪式，一个人如何与他自己达成和解的仪式，不靠思维，不靠辩证，靠两个我心意相通。

很难，并不简单。

所以我通常还是要做点什么，我要选择忘掉现实里的我，依靠另一个我天马行空地生活。她在九华山上，在小镇上，在梅花树下，在大海边，甚至在宇宙里，她已成家，已至暮年，会与老头子经常拌嘴但又忍不住关心对方，她开面包店，她在派对上与陌生的男人跳舞……有一千万个她，一千万个她有一千万种人生，我通过这种分散，将自己体内膨胀起来的情绪一点点转移出去，转移到另一个"我"身上。如果她选择做面包店的老板娘，我看着她忙碌，如果她选择做花园里的女主人，我看着她荡在秋千上，看着她围着围巾去给年迈的爱人出门送拐杖，也看着她永远身手矫捷可以翻身上马，跑进山里跑进梦里跑进春天或秋天。

每一首诗，都是一次对话，诗里的"我"与诗里的其他人，或者现实里的我与诗里的那个女人，我知道，无论她如何变化，她都是我自己。

我无法解救自己，无法将自己放逐，无法在现实里完成穿越，更不可能像披上隐身衣一样选择何时出现何时回避这避无可避的生活。于是，我把所有幻想都送给诗里的那个我，送给她一场大雪、一场爱情、山川、骄阳、永不停息的流水、永不苍老的日月。她也会开心、会不开心、会想念、会失落、会失去、会迫切，但她永远鲜活永远在等待，不像我，在日常里将自己扮成浅灰色，对等待早已失去耐心。

失　真

去鼓浪屿一行旅拍的精修照片拿到手，惊措，一米六二的身高拉伸到一米八，一百二十斤的体重修掉了三十斤肉，反倒没有生图顺眼。我开玩笑问客服："这是我吗？"客服说："修图师可能修得有点过了，不过我们大多数客人都这么要求的，拉高、修瘦、磨皮……"

我脑子里蹦出一句话"把年龄修没了，时间也就没了"。

三十五岁的我，不会像二十岁时一样身量轻薄，也不会像那时一样皮肤光洁，眼角的皱纹笑容里的疲倦，总是要延伸的。修图出来的那个人，是个更年轻更好看更高更瘦的人，但不是我，更不是当下的我。

我又想，我们拍照为了什么呢？

美。这是肯定的，女人都爱美。但在美之前，还应该排一个字，就是"真"。如果把细纹修掉，皮肤的纹路全磨光，年龄的"真"也就不存在了。客服说绝大多数客人的深修要求——只要看上去足够美，像不像自己无所谓。

那拍的是谁呢？当时当下记录的又是谁呢？

是三十五岁的我，忙里偷闲安排了一场出行，这出行里有很多意思，比如休憩，比如暂时的回避，比如对自己的安抚……不是一个不知从何处来的为了脸部修小而把笑容修到僵硬的年轻姑娘。

想起前不久遇到的一个人。此人开口必称"我是认识谁谁谁的，当年和谁谁谁都合作过的""我是见过好东西的""我的眼光很挑剔的""只有精致的东西我才能看上"……如此种种，让人听起来分外不舒服，而归根到底，此人无非是因工作关系接触过一些艺术家收藏家以及富商。

我与另外一位朋友吃饭时聊到此事，我们共同感慨，这就是一个人角色的错位。卖奢侈品的姑娘和攒三个月工资买一件奢侈品的姑娘，以及平日买奢侈品像买冰激凌一样的姑娘，这三者，其实是三类人，她们并不因为都跟奢侈品有所关联而有什么共通性。有人是宴会的发起者，有人是参与者，有人是服务者。虽然，大家看似在同一场宴会上。

同一场景下，会有不同的角色，但因为在同一场景中，很多人会混淆自己的角色到底是什么，这也是为什么我们在生活中反倒常常看见那些"小人物"的扬扬得意，因为每次出现在这样的场合下，都是他人生的高光时刻，他要向旁人大声宣布他当时在场。而如此强调，不正因为这个场景并不是他们人生的日常吗？

"平常"不是什么可耻的事情，它是再正常不过的事情，是绝大多数人人生的日常。但遗憾的是，可能有一部分人无法接受自己人生的"平常"，尤其在人前，于是拿一些所谓的"高光"来修饰自己，试图力证自己的"身价"，但这种浅显的把戏，太容易被旁人看穿了。

一个人理想的状态，是他能够接受真正的自己，并且悦纳真正的自己，而不是只能接受自己的"高光时刻"，甚至伪造出自己的"高光时刻"。

因为，我们活在一个"失真"的人设里，对我们真正的修正自我、开放与成长并无增益，而倘使一个人一生都活在"失真"中，只能说，他从未肯定和喜欢过自己，这样活过的一生难道不让人惋惜吗？

日常的温柔

中年人的日常，开始离不开三天两头往医院跑，尤其在北京这种一线城市，看一次病，要来来回回跑上很多趟，再好脾气的人，都忍不住暴躁抱怨，若是赶上不顺畅的系统态度又不好的医生，简直骂人的心都有。

一位女友与我吐槽看诊医生的不专业，说不出个所以然来，态度又傲慢。有点遗憾的是，这可能是医院里的常态。中国人口太多，病人也多，小地方的人没有体检的习惯，更讳疾忌医，甚至好多人暗暗觉得的毛病是到医院检查出来的，所以很多人基本是拒绝就医的。等到明显发病了，到医院一查，已经大发了，小地方治不了，便全奔到北京的大医院来。

曾听一位心外科主任的丈夫说，妻子每天两点一线，不是在家里就是在医院，连出门吃饭散步都极少，因为没有时间，难得有些时间全用来补充休息。有个说法是，中国医生的医术是很好的，因为他们的经验全部是从实践中得来的，足可见我们的病人有多少。

因为忙碌、辛劳再加上权威性，所以很多医生自然而然生出了傲慢的心态，自己如果不察觉，随着资历越深反而会愈演愈烈。北京各大医院里都有著名的"难搞"的大主任，说"难搞"是脾气古怪，但却也医术高超，说起来倒有点像"黄老邪"。但医院不是江湖，病者是来求医的，没道理被医生震慑和训斥。

一个有趣的观察是，病人如果病情越重，医护人员态度就会越好。由此说来，医生态度傲慢些可能是个好的信号。

当年我在某医院检查时，两个检查室的医生都跑过来看显示屏，我当时心想"坏了"。等穿好衣服后，刚刚还一脸淡然公事公办的小医生忽然就热情起来，语重心长，我便预感到不妙，结果果然。每次复查都要抽血，碰到爱聊天的可能多说两句。有一次给我抽血的护士姑娘问我"什么病呢？"我答"乳腺癌，早期"，姑娘一下神色就缓和了许多，下手明显温柔起来，一边感慨说："唉，怎么会呢，看你这么年轻……"

我讲给朋友听，一半玩笑，一半劝她，人家态度傲慢不睬你，可能是好事呢，因为你这个"屁毛病"不值一提。朋友说，听你这么一说，倒也是呢。

我从不怀疑人性中的善良，只是"善良"是一部分，并不是全部。很多时候，它会被其他属性掩盖，被迫给其他特质让路，当善良让路的时候，伤害就会出现。但很多情况下，我们给自己的解释是"无伤大雅"，比如我们对待他人的态度，对待事物的态度，是否谦恭、是否自律、是否尽量友善地对待他人。

少年时，看过席慕蓉的一首诗，词句已不记得，大意是说有些人，我们以为这一次道别第二天还会再见，但可能是永别。因为日常，我们生出了麻木、生出了傲慢，甚至厌烦，而一旦"永别"的倒计时开始，我们又悔恨不已，觉得留了诸多遗憾。

我为什么不做得更好一点，为什么不对她/他更好一点？

中国家庭内部关系向来充斥着各种矛盾，因为在中国人的观念里，家庭关系是拆不开打不散的，正因如此，很多人在人前的表现与在家庭内部表现大相径庭，好像换了一个人，你若去规劝，他们通常说："哎呀，没所谓的，自家人介意什么，我们感情好着呢！"

人的善良通常会在什么时候更容易被激发出来？面对他人巨大的不幸时！面对他人的巨大不幸，好似一下子每个人都拥有了悲天悯人的菩萨心肠。

但真正让人感到日常温暖和安慰的，不是在巨大悲恸和难关时才出现的良善，而是日常中，一个人，时刻提点自己对待他人的温柔。

早 起 失 眠

　　6点多，外面的天还没有亮，在梦境和疼痛中醒来，不是什么好梦，可能跟睡前看的剧有关，竟有些粘粘黏黏的追杀，或者也不是追杀，只是甩不掉那些讨厌的事情，记不大清。比梦境清晰的是疼痛，前几日每天早上半醒中头痛得厉害，醒来后又缓解，便好像这头痛是梦里的事，今早醒是因为腰痛，头痛倒已缓解，且缘由已得知——生理期前兆。

　　长期服药的缘故，已经快要让我忘记还有生理期这件事，所以每次去医院医生问生理期时，我都得麻烦医生现翻病历本。当然，药物副作用远不止这些，骨质酸痛也是其一，因此但凡身体上的一些麻烦我都比较警觉，生怕又是引发了什么大麻烦，好在，"大姨妈"来了头痛也便消失了，倒松了口气。

未生病之前，我常晚睡早起，甚至整夜不睡，生病之后，虽也有失眠，但已改善良多。想来是身体自己也觉得吃不消扛不住了。记得刚做完手术那段时间我跟旁人感慨，我说做手术是不是有三魂七魄被抽出去一丢丢？朋友问我为何这样讲，我说我发现自那之后我睡觉睡得好"死"，这是以前从没有过的事。

想起之前曾开的玩笑，形容自己"身残志坚"这话倒好像成了真的，可能"志坚"谈不上，只是我"心野"，天天心里都在天外飞马，由此倒显得像是"志坚"。

如果有什么可助我入睡，大概是购买的那些网络音频课，中年男人磁性的声音，讲着我懂得六七分还剩三四分要细细想的东西，如果这"细细想"开始想不动了，我便也发困了。因此他人或许是因为喜爱老师或许是为了求知，而我，最大诉求是有助睡眠。毕竟，在这样的氛围里睡过去总觉得世界还不坏，是件开心的事。

与他人可能不大同的一点是，我早上无论醒来多早，都不会恼，我喜欢那段安静，万籁俱寂，好像只有我自己。当然，我也迷恋外面开始嘈杂，好似我在等这个城市醒过来。倘若这时再有一碗豆浆或豆腐脑儿以及一根儿油条，那就太棒了，但通常也只是想想，因为我的早餐时间基本要耗到上午十一点。

手机里卫东老师在讲梅，古韵悠长，倒是提点又到了订购腊梅的时间。但仔细想来，我没有见过大片的梅树，所谓梅园更没有亲见过，写作的人唯一占得的好处是还有一匹"心马"。由此，倒也在想象中见了梅园，甚至在想象中飞过了大瀑布。若细说，我喜欢的倒也不是梅园，而是在孤山上，拾级而上，心底正觉得清寂，却抬头看到一棵已经绽开覆在雪下的梅树，只那么一棵，偶然地，出现在那里，却又似神明的安排。

由清寂到欢喜，只那么一瞬，甚至比一瞬还要短暂，人与物，人与人，人与他自己。然后这欢喜在脑中萦绕盘旋，有的很快散去，但散去还会再浮起，甚至多年之后仍会浮起，但那时已不真切，虚虚实实好似梦境，有些无奈，但却也是另一种微妙。

欢喜这个东西，你如何把它形容得扎实？形容不出，它比梦境还缥缈，像光在光里，无处不在却看不清模样，所以它是人的情感和感知，当事者知道它何时生，也知道它何时止。因此，"不欢喜"是无须说破的感受，说出来大抵就是无趣。

失眠时人容易陷入下坠的情绪，越是什么消极越想什么，便引得梦境也跟着辛苦，我总是在梦境中辛苦，但醒来时又可能生出一些新的欢喜。于是辛苦和欢喜这两种情绪便总是共存，这种情况下我通常投食自己，由此便可将欢喜拉得长些，将辛苦压得短些。

　　换作几年前，夜里爬山雪中游湖都是我能一股脑儿干出来的事情。但现下，身体却像个老房子，漏风漏雨，连晚上出个门都要看时间，最好是在降温前赶回来，时间于我也像对灰姑娘一样有魔法作用。只是，灰姑娘是换回她的麻布围裙，而我，要换作卧床数日。卧床不出心马也还是在跑，少年时一咳嗽便想起林妹妹和晴雯，而今，倒想起梅宗主。

看　　见

　　某日，马家辉先生终于忍不住在自己的微博上吐槽，说大家都不介意请他喝一杯咖啡，为什么不能将这咖啡换成书，去主动买书呢？难道花费不是一样吗？收益也是买书来阅读更有益啊。

　　如果只有四十块钱，在买马先生的书和请他喝咖啡之间，我当然选请他喝咖啡。买书阅读，是我看见他，而请他喝一杯咖啡，是为了让他看见我。

　　你喜欢一个作者，喜欢一个人，渴望被他看见自己，此乃人之常情。

为什么阅读是件小众的事情？因为它是一件只有你自己完成的事情，而人在当只有自己的状态下，往往不知所措，除非有很强的自制力，更多时候，我们愿意放逐自己而不是要求自己。直播之所以盛行，除了媒介载体的变更，更重要的一个原因，它是一项全民娱乐，你在线的时候，同时有其他千百个人在线，你时刻与他人在一起，而不是自己。

与别人在一起时，让我们觉得热闹，很多人将这热闹等同于温暖，以此证明"不是只有我一个人"，人的社交本性需要互动。罗翔老师说，很多时候，我们与他人交往不是为了看见他人，而是为了在他人身上找寻与自己投合的影子。

我们不是在欣赏他人，而是在欣赏自己，不是在认同他人，而是在认同自己。由此说来，我们阅读时，也不是在翻看书中人的命运，而是在翻看自己。

既然是翻看，自己一个人默默翻看自己，倒不如由旁人来翻看自己更好，如果这个人至关重要，那就更好。所以，读者愿意与作者对话，提的，是他自己的爱恨得失人生难题。

假设这种情况下，马先生简直是太理想的对话对象了，他见多识广幽默智慧，你想破脑壳也想不出的问题，可能他三言两语就能解惑，就算没能解惑，感受下他的幽默狡黠也是颇有趣的。而如果这个成本只是请喝一杯咖啡，那实在太划算，别说请一杯，就是请十杯百杯都划算得很。

我每次看书时，什么时候最开心？跟作者有共鸣时，看见作者的"悲伤""窃喜""忐忑""坏心眼儿""骄傲"，等等，会想，哦，原来他/她也这样，你多了一个同类，你通过别人的行径解读了自己、宽容了自己。虽然我现在不常看书，但我很清楚，只要我翻书，必然会开心，好像去赴一个老朋友的约，你听听他，他听听你。这是我在阅读中找到的乐趣，为自己找到的一个出口。如果是很喜欢的作者，很认同的观点，倘若现实里能真的展开对话，岂不是更好？

秋天的时候，我甚至有个迫切的愿望，想挨个城市去游走一番，把我在那里认识的人（尤其是创作者）都约出来见一见聊一聊。

就我个人，年纪越长好像越喜欢社交，我追问自己背后原因是什么。大抵是人在年龄越小时，越觉得自己就是全世界，越觉得自己与众不同不可一世，把自己撑得太高，又封得密不透风，好像去搞社交与人交流就是同流合污，怕自己不能说服别人，又怕自己被别人动摇。而到了一定年纪，知道作为个体何其有限和渺小，何其孱弱，这时候你去听一听别人，看一看别人，每个人都有可能成为射向你的一道光，倒真应了那句"三人行必有我师"。而这些，并不影响你还是你。

人与人的彼此看见，是种救赎。因为个力有限，被他人看见，他人的一句话可能醍醐灌顶，是一个新思路一个新角度，让我们把僵了的生活僵了的自我舒活一下。

超级乐天派

如果你被告知常年病痛缠身，要一直跑医院，每个月都要去几次，要一直复查，吃这样或那样的药物，你会怎么想呢？

真是糟透了吗？

但是它已经发生了，再沮丧也无法变更不是吗？那我建议你选个喜欢的医生，选个地理位置也适合的医院，这样每次去问诊都会开心许多。医院所在的街巷里有人卖大大的烤红薯，从医院转出来后不如买一颗放在包里热乎乎的，卖袜子的大姐许是天冷没有摆摊，但是你想买她的彩色袜子，只要从路南过到路北敲门便可，那便是她家。转出来向南，门钉肉饼、涮肉、烤鸭、烧饼夹肉、各种点心，还可以高高兴兴再买一盒新鲜的米糕，再往南右转便是东华门，路上有家卤煮老店，他们家的卤煮不错，炸麻花做得也不错……

你看，听我这样一讲，是不是觉得自己更像在闲散地逛街呢？好景致还在后面，顺着宫墙一直走，左手边是河沿儿，右手边是高墙和银杏，河面结一半冰的时候，角楼刚好就落在倒影里，建议你骑个共享单车沿着大路一直骑下去，赶上银杏落了满地，那实在是太棒的礼物了。

现在，你是不是把出门就医这件事忘得差不多了？

朋友们感慨我是超级乐天派，我无从解释这种乐观从何而来，或许是与生俱来的，倘若有什么算得上天赋，我想这是我此生接收到的最好的天赋了。正因如此，命运也要同时安排一些磨难和考验，否则，如何证明这个天赋强大呢。

科技提出"万物互联"，但真正最该跟万物互联的其实应该是人。人感知周遭的环境，有意识改变周遭的环境，调整后习惯并乐在其中。如果人不与周遭环境或他人产生关联，则如同一潭死水，光靠自身，能灵动到几时呢？所以，乐观的人首先必须有拥抱外界的态度，开放，不断认知和接受新的东西，哪怕这个过程可能证明自己过往是错的，那又怎样？

越封闭的人越自我，而越自我的人越不快乐。普通人与普通人之间智力水平基本相当，在这种情况下，开始分门别类的便是面对同样一件事情时大家采取的不同态度和做法，有的人消极疲惫，有的人则一往无前。

根据传记改编的影片《一呼一吸》中，当坐在自主研发呼吸机上的男主人公罗宾穿着得体地被推进集中疗养院时，所有人都惊呆了，如此重症难道不该跟在场的每一个患者一样，被小心翼翼地安置在精密的监测仪器里保障生存吗？怎么可以如此放肆地到处奔走游玩，甚至还去自驾？如果从物理角度讲，罗宾实在脆弱可怜，只要呼吸机断电几十秒他就可能要撒手人寰，但我们看到的是正因罗宾的重症，他将好多人聚到了一起，由于他的乐观、积极、努力求生以及对生活不断晋升的要求，让他活得比其他健康的人内心更强大。

我们一直在强调"高质量生活"，好像就是收入更多，住更大的房子，在更繁华的城市里定居，穿体面的衣服，出行都是 VIP 待遇。大概不会有人将"高质量生活"这几个字与一个每天需要靠呼吸机维系生命的重症患者联系到一起，但罗宾以及支持他的家人和朋友给大家展现的是比高质量生活更高阶的东西——生命的无限挑战和绽放。

乐观除了是个人的自身品质外，它最大的能量是可以激励他人，为此我们看到原本在疗养院中终生不能出门的患者开始配备呼吸机出门散步，可以从疗养院回归家庭与家人团聚。在罗宾一家的自驾旅途中，因为车辆坏掉呼吸机由自动变成手动，起先引起途经路人的好奇，后来他们聚集了越来越多的过客，大家竟然停留下来就在原地开了场 party。人性中共通的部分不自觉地被罗宾一家人吸引和震撼，他们真心喜爱和尊敬这对儿在最艰难的人生境遇前依然如此乐天努力生活的夫妇。故事的最后，若干年后，罗宾在身体不堪重负的情形下，在朋友的帮助下停止了呼吸机，选择与这个世界告别。但在他的一生中，已经激励鼓舞了那么多人，他用"仅仅努力活着"就已潜移默化地改变了他人的人生。

　　命运的安排从不在人的计划和准备之中，它时刻设置关卡，但又在关卡周遭放下了密钥。这个密钥就是人性中会发光自救的部分，它早已隐藏在每个人的体内，只要你不主动放弃，就总能将这游戏继续下去，既然要继续，就善用密钥兴高采烈精彩一点吧。你说呢？

独 自 过 活

　　通常会在早上六点多醒过来，如果睡得着再睡一小时，睡不着则起身，开门开窗透气，浇花剪枝收拾残叶，烧水泡一杯热茶，腾空沙发静坐发呆，感受周遭的安静。

　　因身体原因，生病之后便不再轻易熬夜，勉励自己早睡，因此便早醒。十分喜欢早起这段时间的空当，精力充沛，内心安宁，是一天里最放空的状态。

　　工作日便洗漱收拾，大概八点半出门，到公司车程不到一个小时，不堵的话半个小时足矣，但堵一堵才是日常。路上有三分之二的路程几乎是从不堵的，等到上了四环后开始车行缓慢，每天会遇到不同的司机，便见大家心性不同，有人庆幸有三分之二好走已是难得，有人会埋怨忽然堵起来的剩下的路段。

我坐在后座上便忍不住想，人生路不就总是要堵一堵的吗？不是堵在这块儿，就是堵在那块儿，堵才是日常。

身边有朋友说不喜欢打出租车，因为出租车师傅话多，我倒反而因此喜欢打出租车，生活、工作、朋友圈是很闭塞固定的，所谓日常不过是自身相近的日常，很难看到不同的人，看到别人的生活。倘使在四五十分钟的空当里你偶然看到别人的生活，哪怕是一角，也是件有趣的事。

比较印象深刻的是有一位大姐，她跟我讲当年因为头胎生了女儿婆婆非常不高兴，婆媳关系闹得厉害，便一气之下带着不到半岁的女儿从河南来到北京。买了个木板的三轮车每天卖菜，孩子每天包裹严实也放在三轮车上，她说："那个时候真难，但我这个人不服输，我看着我女儿那张小脸儿就想，再难也会过去的。"

大概过了半年，老公从老家找她来，两人留下来一起卖菜，由于勤快热络，生意越做越好。后来开了菜站，二胎生了一个男孩儿，把老家的弟弟、弟媳也叫来一起帮忙经营。而今，全家留在了北京，女儿也要大学毕业了。

我到办公室后跟女同事感慨，这才是活生生的女性励志故事，真实、粗粝、生动，带着破釜沉舟的果敢。

总是被这样的故事打动，相比之下，自己周遭熟悉的故事总是显得太过纤巧精细了，没有热气腾腾的烟火气，便也没有十足的感染力。

听上了年纪的男师傅渲染家里老婆严防死堵自己去参加同学会，我问为什么，师傅从后视镜里扫了我一眼说："小姑娘，你们这个岁数不明白，"同学会"对于我们这个岁数来讲无异老房子起火，灭都灭不住……"我一边笑，一边仔细想他话里的意思，果真觉得贴切。

很多人评价这座城市难熬基本都是说节奏太快。做落地活动的时候，同样被问到这个问题——是否因为节奏快而慌乱？回答是——没有。问如何平衡？回答是——你要找到自己的节奏。

前提是你要对自己有准确的了解和预判，比如要出发奔机场，你要清楚自己收拾行李需要半小时还是三小时，给自己充足的时间，而不是逼得自己手忙脚乱。有的人精力够支撑一天五六场谈判，有的人只够支撑两场，如果你是后者，就不要为难自己。

所谓从容，不过是顺势而为，知道自己的边界在哪儿，不为难自己一定要去突破它，如果，你没有那么大野心的话。

该值得庆幸的，其实是——我是个没什么野心的人，从不以成功或优越于他人来要求自己，只求自得其乐。

这便很好满足了，花花草草杯盘碟碗爬个山看个景都心情大好。把心思和精力花在"自娱"上，便少一些自苦。

不是没有感到孤独的时刻，只是深知孤独和娱乐不是可以互抵的事情，那些通过外部的娱乐或取暖来试图抵消孤独的，不过隔靴搔痒。

某天下班后跟一位男同事闲聊几句，他问："你这样一直一个人过，不感到孤独吗？"

我问："你结婚生子了，就不孤独了吗？"

两人沉默片刻，同时笑起来，大家都心知肚明，不过选择了各自的生活。

放弃对孤独的抵抗，能够将一个人从急躁慌乱中解救出来。然后在时间里静坐，与之静默相对，慢慢接受并习惯，于孤独中将自己看清楚，看清楚自身的欲望，也看清楚恐惧。我们的迫切和恐慌，很多时候其实是隔岸之火，你站在此处，救不了也扑不灭，不如不去看它，事实上它也烧不到眼下的你。

　　不上班的时候喜欢搭公交或骑单车出行，不赶时间，漫无目的，在人群中游游荡荡。一座城市有没有历史，看它的行道树便知道，有沉淀的城市林木苍翠，而那些后起的新城树木还很细弱不堪风雨的样子。所有扎实的东西，都让人心安，而只有历过时间，才会扎实。

　　一个人，一棵树，从造物的分派上讲，并没有什么不同。更或，树比人更长久。

　　由此想来，投身为人的执念和自负便淡了一些。

实习主妇

给自己两周的假期，在南方台风过境每日暴雨如注的小城做实习主妇。

每天朋友去上班，我睡到自然醒，简单洗漱收拾房间，因朋友中午会回来吃饭，大概在十一点半左右开始着手做饭。初来的两三日，每天下午三四点钟去超市买菜还觉得新鲜，但坚持不了几天便懒得动，只好翻遍冰箱物尽其用。

姑娘们的冰箱通常是满的，不管吃不吃，用不用，做不做，多半是满的，好似浓重的生活都塞在里面，满满当当。离开北京前，特意清空了冰箱里大半的东西，冻了很久的牛羊肉排骨全部扔掉，吃不完的水果和未开封的熟食打包送人，有时会刻意让自己不断丢掉一些东西，仿佛丢下某种依赖。

翻出两条冻巴沙鱼，解冻，切块，用盐、姜片、少许花椒粉（家里没翻到黑胡椒粉）腌制，蒸两颗西红柿，去皮，捣碎，再蒸腌好的鱼块儿。食材准备就绪，油锅，红椒、杭椒翻炒打底，放入西红柿泥，再填菌菇，加汤加盐加两三粒泡椒，煮开，下番茄酱继续煮，最后倒入蒸好的鱼块儿再煮一小会儿。

江南一带潮湿异常，又逢雨季，人体多淤湿，每道菜便下了辣，蒜瓣、红椒、杭椒打底，放腊肉，再放香干，洒酱油翻炒。

已是十多年的好友，从大学时代到现在，谙熟彼此口味，从在北京同住时便是每次我做菜她全部吃光。

一起去爬山，一起去灵隐寺烧香，坐在背阴的台阶上吃茶点看来往香客，已是发达鼎盛的网络时代，很多人在开同步直播，一边拍一边解说。刚好赶上寺里的师傅唱经，便站在大殿里听了良久，附唱的都是头发花白身躯佝偻的年长婆婆，人人虔诚小心，安谧悦耳，虽听不懂，倒也被感染。

工作日时，朋友出门上班，我一个人在家，睡到自然醒，在房间里兜兜转转，准备午饭，上网处理工作上的事务。午后若愿意出门，便去下个路口沿河的那家小咖啡馆，店里做的咖啡和吃食都还不错，门口的招牌上写着"可蹭网可艳遇"大概云云……

在很多地方的酒吧、咖啡馆、特色旅馆看到这样的宣传语，心底失笑，好像艳遇这类事在无形中变成了文艺浪漫的事情。说到底，不过两分猎奇三分轻浮五分寂寥。

人是极易生厌倦情绪的一种动物，连着两顿吃一样的饭菜便心生逆反，更别说面对日日重复的日常。出走，上路，从自己待腻的地方赶去别人待腻的地方，寻找短暂的新鲜，在别人的城市里做个面目模糊的过客，没有压力没有负重感。

正因深知如此，才不敢选择做个真正的主妇，与某个人建立长久的亲密关系。长久地欣赏和珍视不过是理想化，更多的，是恒久忍耐。有时想，所谓亲密关系，其实是种"不介意"，不介意是自己的零食还是对方的零食，不介意是自己的时间还是对方的时间，不介意是自己的心思还是对方的心思，不介意是自己的钱财还是对方的钱财，不介意是自己的父母还是对方的父母……举重若轻说来容易，却鲜少有人做到。

因为做不到，便彼此心生憎怨，成了计较、粗劣又难分难解的亲密关系。

二十岁出头时以为嫁给一个人就是嫁给爱情，后来慢慢懂得其实是选择一个人，选择一种生活，而无论你作何选项，都是没有打包票的，每个故事都有转折，每种人生都难以驾驭，并不在谁的掌控之中。

在厨房烧菜时，烧得大汗淋漓满面烟火，菜色诱人却面色吓人，别说他人见之嫌弃连自己都受不了低头一身油烟味儿。这是人性的浅薄之处，感恩与挑剔之间，我们会自动倾向于挑剔。因明白这种浅薄，便不缔连，站在点水之交的位置，不做过多的索取和期待。

依然会牵念千里之外那些所谓的"正经事"，跟一位朋友吐槽说唯有在北京时好似一口仙气吊着眼明手快，到了别处整个人如昏睡一般，有种软绵绵的不真实感。

朋友说："我们这种也就能做个实习主妇，真正上岗不合格的。"我说："这更像角色扮演吧！"假设与他人的亲密关系，假设某种牵绊、某种日常烟火的温暖。

大部分时间，清醒着，选择独自前行。如撑扁舟，摇荡着划过岁月之河，流至深处，至于远方是哪儿，倒也顾不得了……

修　补

　　修补是件考验人的事情，无论修补物件、关系还是情感。

　　但二十几岁之前不这么觉得，年轻气盛，无论什么东西坏了，第一反应是换新，哪怕情感也是。那时基本认定修补一件坏的东西是寒酸，修补一段坏了的感情是屈辱。于是，不眨眼地扔掉很多东西，不回头地扔掉很多人。

　　年轻，大抵就是这个样子，或许因有大把未来、潜意识里的富足和自信，以及因此而生的桀骜。

　　三十岁后的某天，忽然就像换了一个人，对那些"坏的"东西生出很多牵念来，变得舍不得，并觉得不应该丢弃。于是想着修补，摔坏了的杯子用来盛花做了花器，碎了的壶盖再配一只新的，壶则还是原来的壶。以前家里的门锁稍有不灵便，就会叫换锁的师傅来换把新的，有一天忽然想到以前的人不都是拿豆油灌进去吗？试了一下，果然好使。

修补是件考验人手艺的事情，所以宝玉的雀金裘只有晴雯能补，外面师傅补不了，府上其他丫鬟也补不了，只好叨扰病中的晴雯。

擅长修补的人，必当手艺巧，心思也巧。因为巧，才知道在哪里下手，如何下手。

好的修补会较原物有过之无不及。比如锯瓷，将破损的瓷器按照纹路肌理用锯钉嵌入连接重新修复好，粗浅的恢复使用的功能性，高级的则进行再创造，恢复功能性的同时在审美上也有提升，因此现在很多售卖的新杯子故意做成锯完的样子。如果再细致些，可以做金缮银缮，在修复加固的基础上，又有了新的美观。

修补是件磨炼人心性的事情，因此大家看到纪录片《我在故宫修文物》时才会被深深打动。这些师傅在紫禁城内的某个小屋子里长年累月做着一件事情，记得有一期里王津老师对着展馆里自己亲手修过的钟表说感觉心疼，因为这些钟表其实已经被修好了，是具备表演功能的，但为了文物能更好地保持只能静静地放着。

都说"念念不忘必有回响"，但有些回响，其实只有你自己知道。于外界，它依然是寂静无声，仿佛什么都没发生过。而这寂静背后，是当事者的青春、时间、热爱和心血，是我们总结起来不过须臾片刻的一生。

如何让那些破损的东西陪我们走下去，继续看起来岁月静好，这是每个人都需练就的手艺，同时是每个人应磨砺的心性，对破损的事物，不厌，不弃，花精神心力将它们耐心补救。同时，因为不弃，所以用时精心，尽量避免损害，真正做到"惜物""惜情"。

但这些，对于大多数正年轻的人来讲，还是不讨喜的。破旧的东西依然代表寒酸，破旧的感情依然代表屈辱。对于那些一心只信奉不念过去只盼将来的人来讲，也是不讨喜的，好似所有更好的东西更好的人都在后面等着。

不是这样的。

因为，没有一种好是重复的。

按照佛学的解读，这世上没有一件脏衣服，因为衣服本就是衣服，它只是染了灰尘污渍，我们只需将污渍和衣服分离，归还衣服本来的样子，如果实在不能还原，那不是衣服的问题，是我们自己的不经心。

伤　口

术后左胸外侧留了一道四厘米左右的疤，长了快一年，不仔细看不大明显。

手术的时候是局麻，意识感知全程参与，注射了很多针麻药，因为看不见，我猜想那是像插针盘一样的布列，扎麻醉针的过程是很疼的，即便不想哭，眼泪还是会掉下来。

注射完麻药的乳房感觉像什么呢？

一颗粽子。沉甸甸的，僵硬，疼痛，然后痛感慢慢消失。医生为了转移我的注意力跟我聊天，问我是不是还有个妹妹，问我妹妹多大，助理护士始终在讲同事出国旅行的事，我躺在手术台上猜想或许她们并不想讨论这个，而是为了转移患者注意力便不停在说。

肉皮被切开的时候，如同碎布，听得见剪刀咔嚓咔嚓的声音，然后有一注血冲了出去。

缝合师是位年轻的男医生，高大英俊，眼睛是亮亮的棕色，我被包成粽子裹上上衣推出手术室。此时阳光很好，安静得很，如果不是外面有家人朋友在担心，我倒不介意在里面睡一觉。

一个房间五个患者，早上醒来时都看似平常，一到午后，则成了一屋子打绷带的"伤员"，大家聊着天，惊魂未定的样子。

我实在是最不像患者的患者，但凡身体没有处于死机状态，就一直精神活跃。

麻药的药劲儿还没过，大家便担心起来，担心如果药劲儿过了岂不是疼得要死，所幸是多虑了，一如之前仍没有什么反应。疼痛找上来的时候，是在夜里，因被裹得又厚又重，整个腰处于悬空状态，侧身会扯到伤口，平躺的话腰好似就要断掉，其他人都睡得安稳，我只得爬起来靠在枕头上坐着。

北方的冬夜，室内虽暖和，仍感觉到玻璃窗外的凛冽寒气，我喜欢这种寒气，使人清醒，甚至有清透的错觉。二环里的老式医院，没有灯火，没有声音，没有走动，一切，黑黢黢的，我与院子里早已干枯落光叶子的银杏树只有一窗之隔。

一直想住二环里，当时差点儿租住在老舍先生故居的前街，因中介原因未能租成，未曾想第一次住在二环里竟是在医院。

医院安排第二天便要出院，出院前要换一次药，负责换药的是前一天的缝合师。我脑子里在提醒自己排除杂念，但男医生把头低下来的时候，脑子里一个声音在响"眼睛真好看呀！"为了避免尴尬，我便找话说，问什么时候再换药，换药的话挂什么科室的号，可能年轻的医生也有点紧张，随口告诉我"挂骨科的号"，然后又说"不是，挂普外，我们医院没有骨科"……

大概疼了两周的样子，一到晚上尤甚。

然后医院出病理，被告知恶性肿瘤，安排放射治疗，原本在恢复的伤口因为放疗的关系又被刺激得疼起来。就这样，又疼了一个多月。中间问医生，说伤口和周围都很疼，医生说："没有更好的办法，治疗完后慢慢恢复吧。"皮肤由红转黑，然后开始蜕皮，又蜕了一个多月，蜕到天气暖和了，往年低领口的衣裙便没再穿。

是什么时候开始彻底没有什么痛感的呢？

大概是两个月前。在这之前，左边胸下肋骨处也会疼痛，不知是否是受放疗影响。中医开了药方，喝过之后觉得好些了。朋友多会询问我病情如何？我均答"不复发便好"。

　　细细想来，伤口的痊愈并不是如同它没受过伤，已经发生的事情我们无法涂抹和篡改，伤口的痊愈其实是指"不复发便好"。

　　它在那里，偶有不适，但无碍健康。

　　肉体的伤和心上的伤，其实是一样的道理。想要"不受伤"不现实，那就尽量避免它再复发吧。

相 亲 相 爱

　　如果这世上有一种感情最为理想，那大概就是友情。亲情自不必说，因为亲情没得选，所以不理想的爹妈遇上不理想的孩子，血缘伦常割不断，打打闹闹别别扭扭总也是一辈子。绝大多数人没有学过如何做父母就成了父母，俨然把这身份当成了权力，而不是责任，所以诸多家庭关系总是充满各种问题，搞来搞去太复杂竟逼得大家默默开始接受"家庭内部不是讲理的地方"，不讲理倒是可以，但人心的不爽利是强按不下去的，很多家庭内部成员之间的关系便成了彼此是冤家。不仅是冤家，还路窄，他是你的亲人，怎么办？躲也躲不掉。

爱情呢，绚烂如仲夏花火，但灿极一时，人的情感燃料就那么多，烧一烧就没了，加上过了热恋期开始暴露彼此各种不适，理想一些的，觉得仍有信念跟对方磕磕绊绊往下走，便进了婚姻。任性一些的干脆就弃之不顾了，跟亲情一样，爱情也基本是盲选。亲情是由不得你选，而爱情是看似你在精挑细选，但爱情本身就是最大的障眼法，你千般心思挑啊挑，结果发现却未必是真的。

　　且爱情独占又排他，因这一点，便要求对方绝对忠诚，因为要求忠诚，便会裹进控制和猜忌，疑神疑鬼。所以大多数人在爱情中表现得都不怎么样，或者说有可能某些时候过分好，某些时候又过分糟，很难做到平静客观。但我们知道一个人在平静客观的时候才是一个理想且真实的状态，因此进入爱情的人如果不是心理强大且自控自律，很难不跑偏。有一个说法是"在亲密关系中，当你开始对对方失望时，亲密关系才真正开始"，话虽如此，但另一种情况却极有可能是这段关系的结束。鲜少有人真的把经营亲密关系当作一门学科虚心受教好好学习，人们往往将所有矛盾都归咎为对方的问题。

　　这么一比，友情简直就太好了，选什么人做朋友是自愿的，即便一开始交好后来交恶，还可以终止做朋友，心理上会难过一些，但人与人之间不可能完全同步，这样三筛两筛下来，留下来的基本都能走得很长远。最好的是，它没有排他性，甚至你可以将朋友分组，有些人贴合你玩儿乐，有些人贴合你成长，有些人贴合你心理，有些人贴合你日常，有些人贴合你互惠互利，你不需要像期待伴侣一样让一个朋友在诸多方面都达标，这是友情让人松弛的地方，所以友情往往不会带给人压力。

资深友人要比亲人和伴侣都更合拍，你们一起成长，一起经历三观磨合，一起玩儿乐也一起担当，彼此是树洞，也是彼此人生的跌打防摔垫，某些时刻你们可能彼此不赞同，但即便如此，你知道那个人还是你的底线。

最理想的友情是，无论你做什么，可能对也可能错，但我都支持你。许是因我一直比较任性，所以一路以来得到诸多这样宽厚的友谊。我一位密友说"你不想结婚就不结吧，不想回东北就不回，你就这么过，等老了我们一起"，另一位密友则是无论我做什么计划，临时告诉她，她都说："好啊，走啊。"有的朋友知道我喜欢爬山带我去爬山，有的朋友在腊月里寄给我梅花和火锅底料，有的朋友知道我情绪低落，不远千里走一遭来安慰我一番……

我认为这是世间最理想的情谊，彼此守望、尊重、支持、信任，以及支撑，还有什么样的感情比这更理想呢？同时又不干涉，给予足够的空间，让人没有压力。所以，我们看到传统家庭的模式正在不断被解构，我们看到好多闺密一起生活一起养老。因为，这种相处实在比家庭式相处轻松太多了。

　　在我们的情感排序中，无论怎样说来，好像友情都没有排到第一位，但仔细想想，友情才是最理想的情感模式。我们一直以为亲情和爱情才相亲相爱，其实坚固而深厚的友情相处下来何尝不是？那些可爱的人同样会陪你走一辈子。

亲密夜宵

吃夜宵是最能检验感情的，因为那是一个人对另外一个人的宠爱。

首先，它是随机的，它不在预约内，不在规划内，它来得不按套路，只是有人忽然蹦出来喊了你邀你吃夜宵，你就答应了，因为那个人对。

尤其在北京这种地方，下班到家得七八点钟，简单收拾下就得十点左右，忙了一天，好不容易给自己余出时间静一静养养神儿。结果有不消停的主儿横空邀起夜宵来，你去赴他的约，要穿越半个城。

你能穿越半个城在深夜里去见一个人，说明你宠爱他。当然，也有因年轻的荷尔蒙过盛而组的局，但那不长久，那是临时起意的，一团人的寂寞攒在一起，依然是寂寞。陌生的情感攒在一起，也依然是陌生。

这跟刻意去赴一个人的午夜之约不一样，只有这个人才能让你深夜出门。他能唤起你的热情，你的兴趣，你的不安分，更重要的，依然是宠爱。

我们是不会反复宠爱一个陌生人的，所以我们有些饭局只有一次，下不为例。我们只宠爱我们喜欢的人。

吃夜宵，一定是亲密的，亲密且暧昧。

要面对面坐着，有一搭没一搭地说话，喝喝酒，聊聊天，甚至长时间地沉默。

周遭氛围让人舒服到恍惚，夜色深邃，人群陌生，但有最熟悉亲近的人在身边，便也成了自己主场的世界。

我们常在夜里说一些我们白日里难以启齿的话，我们也只有在夜里托着头认认真真回答对方的问题。

这问题可大可小，可浅可深，它关于生活的琐屑鸡毛蒜皮，也关乎生命和灵魂的纵深。我们几乎不在人前谈起后者，它就像一个带有庄严气息的秘密，捂在我们的胸口。绝大多数情况下，我们面对并不十分亲近的人，我们的礼貌是表现出虔诚的客气。

我曾谈过许多次恋爱，但真真正正爱过的人只有两个。

一个是我的初恋，还有一个，是随时可以陪我吃夜宵的男人。

不管夜里三点还是两点，不管外面有没有下雨，只要我说，他就会起来换衣服陪我出门。我们在南方城市夜里的小街头坐着，来一份生蚝和烤茄子。

头顶的星缥缈着，远处路灯跳跃，偶有行人。我不喝酒，看着他喝一瓶啤酒，我拿盛着可乐的杯子撞他的杯子，然后两个人相互看着，傻笑。

这是一种默契，一种陪伴的默契。年纪越长之后，越明白这份默契有多难得。在他之后，我再也没在其他人身上遇到过。尽管后来回想起来我与他之间是"很抓瞎"的一段恋情，但在每次他毫不犹豫陪我出门吃夜宵的时候，我都相信，他是懂我的。

我的躁动不安，我过于旺盛而稠密的情感，我大把挥霍的精力，我缠绵在夜里散落在街头的潮湿心事。在那样的夜里，我才觉得舒适，而不是躺在关了灯的房间里给自己催眠。

他从未拒绝过，甚至连一丝不耐烦也没有。所以我很感激，我想这也是我迷恋他的原因。

年纪越大，身边能聚的朋友越少，结婚的结婚，生娃的生娃，去远方的去远方。大家已明确了各自生活的重心，不再有那么多心思和精力像年轻时那样满溢得可以分给很多人。

能随时叫出来吃夜宵的人便越来越少。

自然有叫不出人组不上局的时候，便自己在家点一份小龙虾，把小龙虾的汤汁单独倒出来，加一点水，煮方便面，味道简直太痴醉。再倒一点点酒（酒量实在不行），加两片薄荷叶，加两块冰，自己戴起塑料手套欢欢喜喜吃起来。

这是一个最好的时代，因为每个人都能充分表达一个自己。

这也是一个最坏的时代，因为表达之后我们往往掩藏另一个自己。

那个走在夜色里不肯睡的自己。那个心还不曾老，依然躁，却要练就冷眼的自己。那个与不亲密的人永远止于客套的自己。那个在亲密的人面前于夜色里傻笑的自己。

好在，我们还有可以约出来吃夜宵的亲密伙伴。倘若不巧，至少还可以在家点一份小龙虾喝一点薄酒安抚自己。

所有好的坏的得到的未得到的心事都混在杯子里、混在薄荷里、混在小龙虾的香艳里、混在夜的深邃里。

夜宵，就像一个秘密。它离你最纤细的那根神经最近。

你选最亲密的人分享它，或者，夹给自己一点点咂摸下去。

三十三岁，穿红

"我最灿烂的日子已经过去，那是我三十三岁，开告别演唱会的时候。好灿烂，没有人比我穿红穿得更好看了。"

——张国荣

每次看到这句话，都会伤感。这世上至美的东西，大多会破碎掉，或者说，因为会破碎掉，所以显得至美。这是一种互为因果的联系，是同一件事物赏与罚的两面。

之所以说伤感，一方面因为哥哥已去逝者如斯，但更多的，我是在无限猜想哥哥说的"好灿烂"是什么样子，那是一个人对自己生命最华彩璀璨的认知，耀眼而转瞬即逝。是旁人纵然观赏到，也无法体会的身在其中，我猜不出那是什么样子，是一种极盛的丰盈和枯萎的对立，更或者，是一种"朝闻道，夕可死矣"。

年轻的时候以为自己的人生会"好灿烂"，没有羁绊不受束缚，有无穷无尽的精力和热情去追求自己喜欢的人或事。接近中年，发现生活真相——磕磕绊绊地前行，所有的经验，来自对过去的总结，而面对新的问题，依然无知。看得开的人要劝自己放下，对自己当时没能把握住的选择不介意，而看不开的，过了三年五年依然是在刻舟求剑耿耿抱憾。

梁实秋先生形容中年人的处境"钟表上的时针是在慢慢地移动着的，移动得如此之慢，使你几乎不感觉到它的移动。人的年纪也是这样的，一年又一年，总有一天你会蓦然一惊，已经到了中年；到这时候大概有两件事使你不能不注意，讣闻不断地来，有些性急的朋友已经先走一步，很煞风景……"

的确，到了三十岁左右，身边扑面而来熟识的人"病""死"的消息，有的发生在别人家，有的发生在自己家，有的发生在别人身上，有的发生在自己身上。

发生在自己身上后，倒有些坦然，人间大苦，难以用言语安慰开示，因自己也成了"受苦"的人，便对他人好似少一份责任，便少一份愧疚，由此，求一点点偷懒的心安。有时会想人生就像一张漆了黑的神秘花园，你要一点一点刮去黑色的涂层，才能见到它的真身。我们之前总遗憾刮花了或者刮出来的部分并不喜欢，到了中年，方明白，还有一种大遗憾——不是每个人都能刮完自己的图片，有不少人会中途离场。

时常想起大学时，天气好的时候搬把椅子到楼顶吹风，那时候痴迷画画，画了一本又一本，以为也许未来可以做个设计师。更早的时候，对成年人的世界充满好奇，跟自己说要做六十个工种的工作，每半年换一次，这样就可以体验到不同的人生……

或许，所有关于未来的无限幻想，都是"好灿烂"。可以仗剑走天涯，可以见天地、见欢喜，可以在最美的那一天死去。然而那一天却没有来，不是那时舍不得死，而是在庸常的日子里，我们根本无从判断哪一天才是自己"最美"的那一天。

作为普通人，并没有足够的幸运来捕捉自己的"好灿烂"，更别提最灿烂那一刻，高兴、悲伤、满足、失落、热情、灰心……所有色块开始流淌起来，混合在一起，无从辨别。我们开始陈述不清"自己"是谁，是个怎样的人，因为太过复杂环环相连。

复杂的东西是让人心生反感的，因为它与美天生对立，人们愿意相信越美的东西越接近纯粹。因此，生命轨迹的成熟，注定是个与美背道而驰的命题。

几乎没有人歌颂庸常，尽管，你我日日皆在其中。所有人都祈愿来日方长，却本能地被戛然而止的某个瞬间所吸引。哥哥在告别演唱会上说，看到自己喜欢的歌星偶像有一天落下来，是所有歌迷和偶像本人的难过，但如果在最好的时刻道别，则只有他一个人的难过。

艺人与常人的区别，或许正是他们要反复演练无数开场无数道别，而常人，是不需要这些的，因为不需要，便被忽视掉。以致，我们一直以为日子如水般流淌，没有分支，没有节点，年轻人以为最好最美的都在下一站等着自己，而过来人可能会觉得压根没有最好最美这么一说。

哥哥说，三十三岁，穿红，好灿烂。

我未到三十三岁，未见过好灿烂。

于是挑一件红衫，套在某一个普通无奇的日子里继续刮涂层的莽撞生活。

喜　欢

“喜欢”是一种恰好的情绪。

再浅，就显得走马观花，再深，就有纠缠的嫌疑。唯有喜欢，刚刚好，适当地表达了“放在心上”又不至于让对方吃惊回避，也不求对方必须作何回应，收放都是自己的事情。

但现代人好像是没有时间来表达“喜欢”的，因此变成“八分钟约会”“八分钟配对”或者资料一览然后直击要害——房、车有吗？存款有吗？有遗传病史吗？打算什么时候结婚？什么时候要第一胎？

如果写在剧本里，便是一场俗套却又乐见的开场戏，但放在现实里，着实有些吓人。

一直觉得人要在很小的时候就理解"喜欢"这件事，喜欢别人，也被人喜欢，像把衬衫的领子熨得服帖又立体，这样长大后遇到情事才不会又傻又尴尬，无论是追求他人还是被他人追求才会处理得得体。因为理解了，便不会计较，不会陷在"谁喜欢得多一点"这种傻问题上。

我因性格内向，小时候很多时候自己玩儿，喜欢捡石头画石头，遇见整齐干净的木头也捡回家在上面勾勾抹抹。积攒下来，饼干盒子装了一盒又一盒，每年年底我妈收拾东西都想扔掉，我执意不肯，她不明白，她眼中的破烂儿便是我心里的"喜欢"。

我总想，"喜欢"大抵就是这样一件事，不问价值，不求理解。它是你自己的事，你心中盛着喜欢便盛着欢喜，这便是所得。这是我们幼年时便具备的天性本能，只是越长大却忘得越多。

前几天在网上看到"父母要不要送孩子去游学"的争议话题，对于经济条件优越的家庭，在能力范围内父母愿意给孩子更多，这是无可厚非的。但我们应该清楚一点，即便提供了去游学的条件，这也不过是"好"的一种体现，它并不代表全部，这也同时说明父母想给孩子的"好"其实还有很多其他途径。

最好的途径，是教会孩子"喜欢"。我们深知成年之后的自己之所以活得如此丧正是因为匮乏"热情"和"勇气"。我见过很多家境很好的孩子，他们过得无忧无虑，因为生活里的诉求基本都会被满足，这看上去没什么不好。但再往深一层，你会发现他们匮乏热情，匮乏对某事某物的喜欢，因此，这无忧无虑的背后其实是无聊。

所以，"喜欢"包含了一层"磨难"的意思，太顺风顺水的境遇或生活，都会将喜欢大打折扣，因为你意识不到这喜欢从何而来，能够映衬出"幸福"的，恰恰是长久的考验和忍耐，相比赠予他人幸福，不如赠予他人面对考验和忍耐的智慧与情趣。

在木心美术馆时，我站在二楼的围廊上久久看着影视资料里的老者，那是一张到了晚年接近女相的面孔，因此可推年轻时多么英俊。但更让我感动的，正是面前这张带着女相的面孔，语气缓慢、声音低徐，带着一些羞赧的欲言又止，这欲言又止里才是一个人的人生中最让人动容的部分。

我们不断寻找、出离、搏斗、痛击，背弃与被背弃，最后，不得不以老者的沧桑与智慧选择和解，对这生命带着七分疲倦两分幽凉一分侥幸的喜欢。

你必须喜欢它，因此才能说服自己继续，要么还能怎样？

在没有网络的年代，我们寄出信件时带着会遗失的忧虑和忐忑，为此信件寄出时，我们的心也跟着一道塞在了邮筒里，我们渴望它能够抵达对方的手里，并深信"见字如面"，这渴望里便包裹积蓄着巨大的喜欢和牵念。而如今，我们知道对方已读简讯，我们计较着对方没有第一时间回复的怠慢。

"喜欢"是个单纯又复杂的词，因为它同时意味着开始、过程和终结。我们常常失望，因为我们总邀请他人参与其中，像等待一枚硬币落在水泥地上发出清脆的声响，由此推辨方位，将它再捡回来，我们想要的不过是"捡回来"，倘若它不出声我们便无从寻找，因而怅然丢失了一枚硬币。

你得允许你丢出去的硬币不出声，无论对人、对物还是对事。

低欲望的中年人

恋爱之后，开始没有胃口。

失恋之后，更没有胃口。

情绪与食欲，如此紧密，情绪低迷，食欲低迷。即便到一个喜欢的地方，即便从熟悉的地方"逃离"，依然激活不了热情。一座几个月未下雨的城市，竟从早上开始淅淅沥沥下了一天，如拉幕布一般，出租车师傅说："小姐，我们这已经好几个月没下雨了哦。"

因为下雨，气温低到刚好，换了北方穿的薄羊绒衫出门，偏巧选的酒店在一条老式商业街上，宝石、女装、二手奢侈品店、中医馆、餐馆……我与当地的朋友开玩笑说，这一条街走下去，感觉你们当地人都身家过亿，珠宝店的女老板手上颈上戴着的一套不下百万。

年轻时候容易被外界事物吸引，好吃的好玩儿的好风好景，包括人。但那时对外界明明抱有热情，表面却很抗拒，与其说抗拒，更确切地说是不知如何自然而自在地融入，于是变成一个人热气腾腾地孤身走夜路，那时候大抵也不承认"孤独"这回事，以为意志足够强大便可掩盖掉孤独这回事。其实，怎么可能？

越发承认"孤独"这回事，大概是在这三五年，尤其在生病之后，将自己的想法更真实地摊开一些。年纪渐长，越发容易升起对人生的虚空感，因是理想主义者这种虚空感便更甚，身旁的朋友忙着晋升、攒钱、换房子、给幼子报补习班，忙得不可开交，如此一对比我倒成了"闲人"。

因为闲，便找了场恋爱去谈，却也匆匆收场。梅艳芳生前曾在采访里说："我想要的爱情很简单，就是很简单的一个男人爱着一个女人"，这是女人的天真期待，但越是简单纯粹，在这俗世中越是罕见，要有极大极大的运气才能遇上。遇不上，便只能落空，痴男怨女不过是彼此辜负。

与一位男性友人聊及男女两性情感投入的"不对等"，最后得出结论是人在年轻时，男人与女人对待感情的热忱和期待大抵是一样的，而随着年纪渐长、角色分工、社会期待种种原因，大多数女人对待感情的期待保持不变，或者愈深，而男性则大幅度地削减退却，从往昔的热情中抽身，身后的感情，好似变成了女人一方的事情。

这样的失衡显而易见，所以我们总是看到女人在控诉男人于情感方面的薄情。但很遗憾，我们改变不了他人的信念，也无法激起别人的热情。如果女人不能改变自身的本质，只能凭着一腔孤勇坚持下去。

如果有什么不同，大概在年轻时那种"猛烈"是内外一致的，无论得意还是失意，而到中年之后，要保持外在的得体，纵使不如意也不要惊扰到他人，内里的失意却愈深，这是中年人苦痛无奈的地方，周遭环境在审视你"为什么你这么成熟了还要伤心"……伤心难过这回事，对中年人来说就像"吹冷风"一样，应对方法是"喝杯热水就好了"……

因为这些，我们越来越不愿意做个"在人前"的人，不想强打起精神，不想装作无所谓的样子，我们需要独自的时刻，散发自己满满的低落和不如愿，那种低落甚至是为一件小事就要去死。

年轻的时候大抵要上山下海，而现在，连上山下海也懒得动，去到一个地方，却没带着热情，只希望酒店的隔音好一些，窗子大一些，窗外木棉和棕榈茂密一些。一堵堵墙，隔着成年人各自的故事和秘密。

在酒馆里喝汤，在咖啡馆里写字，在酒店房间里洗澡刷旧剧，饮食能免则免，清淡到不能再清淡，买机票奔到千里之外却不出门，这是年轻时完全想不到的场景。但有一天，它却在一个又一个中年人身上应验了。

日光之下，要做得体的低欲望的中年人。

得体又没劲。

关 于 阅 读

　　阅读是件极挑剔的事，拿到一位初次谋面的作者的书，就像一场面试，十有八九是翻了十页二十页便无心再看了，弃之倒不至于，有一些尚可看，只是没那么好看，这种书慢慢放着，什么时候想起来随手翻两章。身为一个写作者，我对自己要求不高，读者拿到我的书，不弃，放着，想起来翻两章读读也觉得舒适，这便是我的追求了。说喜爱至甚，一口气读完的，别说读者难做到，连我自己回头翻一遍都难做到。

　　喜爱是不能强求的东西，理解也是。

写作者觉得自己写得清晰明了，一旦示于人前，便被看成了十八般花样，当然，也有可能是丑态。读者有发表意见的权利，有的读者欢喜了，夸赞两句，有的看得不高兴了，踩骂两句，读者花了钱购了书，这是读者的自由。考验的，是作者的心性，几乎是在磨砺"不以物喜不以己悲"。

人与人之间，有种东西很珍贵，叫"共情"，这便是读者与作者间产生的关联，能共到一起的，好似逢了一个知己，多了一个体己人知道自己的苦痛、憋闷、隐晦、蠢蠢欲动，共不到一起的大抵甩一句"写的这是什么玩意儿！"

记得数年前有一篇小文是写我的外婆，我在文中直言我与外婆并不亲络，因为接触并不多，有读者留言"跟自己外婆都冷淡，你还是人吗？"我不言语，又有读者替我答"这有什么，我也是爷爷奶奶带大，与外婆一家不大走动，自然不亲，不是很正常吗？"

虽然人有一个永远无法更改的特质，就是无论何时何地，永远在找寻自我的认同感，但我觉得，当我们阅读翻看这个世界的时候，在找"体己人"的同时，也要理解它与我们所认为的不一样。

如果说读书人有什么修养，我认为，这根本便是理解与尊重这些与己的不一样。

常年来一直关注的女作家中，庆山算是这样的一位。想必 85 后一代的女文青们，没有几个当年不受安妮宝贝的影响，笔下的姑娘必然只穿白，身量纤纤，穿白球鞋，戴老式纯银手镯……多少青春期的少女，就按着这番行头从头配到尾，觉得唯有这般，才配得上与青春的疼痛相互咀嚼。

作者不曾离开大众视野，只是蓦然来了个转身，改了笔名叫庆山，所写之事已非昨日，成了眼下的寂寂人生，琐碎而灵动地记录生活。虽不是长年累月的忠实读者，但这个转身让我见之欢喜。毕竟，读者与作者可以一道成长是件难得且珍贵的事。十五年前，我寂寂少女，在阅读你，十五年后，我嫁为人妇，也能阅读今日的你落入凡尘，这种相惜之情，是顶美好的，像张学友唱的《她来听我的演唱会》。

偶尔也会有读者在网上找到我，留言给我说"竟然找到你！以为你不写了，原来还在写，只是换了笔名"。每次有这种状况，我都分外欢喜，好似散了许多年音讯的故人又重逢。写作者所希冀的并不是读者的毁誉，而是有人在千里之外，莫名就读懂了你的意思，因为他人的读懂，你的落寞便少了一分，心底的苦楚也被安慰了一些。

都说好的作品是人生的救赎，说平常些，好的读者其实也是作者的救赎。书写与阅读，是个双向治愈的事情。毕竟，我们活在这世上，太孤苦了，身边的人可能与自己都不是同类。

数年前，有位占星师帮我占星，她与我交谈后，我大为震惊。她问我平日性情如何，我说还好，只是郁郁寡欢，她说："不对，你应该是觉得非常痛苦。"继而问我："为什么感到痛苦？"我说："常常感到失望吧。"她说："不，你想到的不是失望，是毁灭！"

在那之前，我没有跟任何人讲过，大抵在我二十五岁之前，每一天都会想到自杀，并没有受什么刺激，只是觉得生无可恋。我从未对人说过，因为觉得说了旁人也不会理解。占星的姑娘占得很准，我的确是常常想到"毁灭"这两个字，从心理影响至肉身，感到万分痛苦。

那一夜之后，我如释重负，虽然我们未见面，后来在生活中也再无关联，但我很感激这个人适时地出现，她没有救赎我的痛苦，但她阅读到了我的痛苦。因为被阅读到，这痛苦不再隐蔽，慢慢从阴冷的河底浮上来，顺水而走。

阅读，被阅读，是读者与作者之间的双向照亮。当然，它不仅限于成形公布的作品，更多的渴望，来自我们的灵魂和内心。

李安导演说"电影不是把大家带到黑暗里，而是把大家带过黑暗，在黑暗里检验一遍，再回到阳光底下，你会明白该如何面对生活"。我想，关于文字、关于人生，皆同此理。

第三章

兜兜转转寻寻觅觅无所依寄，

唯有猛然抬头时发现如今与我对望的，

依然是少年时的那颗星，

那是在我们的生命中早早结识的。

光亮是万年的光亮，

而我们是瞬息的我们。

孤　老

　　奶奶走后的第一个端午节。提前回家陪爷爷过节，下了车后遇见路边有卖彩葫芦的，便顺道提了两个。到家发现爷爷已经在侧卧挂了一个，比我买的还大，门上也早早插好了艾草。

　　老头儿看起来精神不错，奶奶去世对他并未造成太大影响。或许，人老到一定程度时，已自顾不暇，哪里还顾得上旁人。

　　家中关于奶奶的东西已经尽数撤去，甚至包括遗照，想来是爷爷心生忌讳。唯一摆着的，是奶奶生前我用手机速拍打印的一张照片，奶奶一张，爷爷一张，我一张，放在相框里粘起来。放的时候，爷爷特意让我用了红色的贺卡纸做背景。

关于生死的忌讳，人越老越敏感。

奶奶走后，儿女们邀爷爷同住，老头儿拒绝，说自己生活无碍，可以洗衣做饭收拾房间，不用大家操心。儿女们便也不好再说什么，强留不行，只好隔三岔五回去看看他，给他买些东西，收拾收拾房间。

爷爷的时间是这样安排的，每天早上六点左右起来，泡一大茶缸奶粉，七点多吃早饭，饭毕收拾好后出门遛弯儿，十一点多回家，午睡，看电视。到下午三点左右准备晚饭，说是准备，不过是凑合一口，年迈懒得动，且一辈子仔细，以前都是奶奶说要吃什么，他便给奶奶做，如今只剩他一个人，更是能将就一口就算。晚饭后，再出门转一圈，回来五六点，看电视，看到八九点钟睡觉。

对于这种日子，老头儿颇有点怡然自得，自己生活，无收无管，奶奶在时他抽烟还算克制，抽多了便会被奶奶骂。现在反倒放肆得很，一个人堂而皇之靠在沙发上跷着二郎腿抽烟，再不用站阳台上偷偷摸摸地抽。

关于奶奶离世，爷爷并未显现出多少悲戚，事后旁人询问，爷爷也总是说没什么好念想，觉得自己终于"解放"了。的确，爷爷被奶奶打压一辈子，一个是地主家的小姐，一个是穷小子，哪里有什么浪漫，更没什么爱情可言。事实上当年我爷爷并没看上我奶奶，我爷爷挺拔英俊，而我奶奶又矮又不好看。介绍人跟我爷爷说，你这样的穷小子能讨上媳妇儿就不错了，还想怎么样？于是我爷爷就从了。

我爷爷自小父母早去，跟着同母异父的哥哥过活，经常挨打，颇有寄人篱下的意味，所以生性小心怯懦，性情温和。跟我奶奶结婚后，诸事听我奶奶调遣，这在他那个年代，是不常见的，家务琐事也多是我爷爷做。

我爷爷一生唯一感激我奶奶的，恐怕只有一件事。当年我爷爷被打成"右派"，监禁、挨打，我奶奶每天去给他送饭，对于我奶奶在那个时候没有跟他划清界限，他很是感动。

奶奶的病，查出来时，已是肺癌晚期，全身骨转移，医生当即便说没有住院治疗的必要了，尽量开些补充营养增强抵抗力的药，尤其是止痛药，让回家养着，家属提早做准备。我奶奶一生娇惯，用现在的话形容可谓十足"作女"，我小姑说伺候我奶奶，恨不得三天就得换批丫鬟和厨子。

确诊后，小姑便辞了工作去照顾，当时奶奶对自己的身体状况并不知情。后来疼痛越来越厉害，一夜要吃几次药，奶奶便让爷爷起来给她按摩，不用旁人，说旁人按得不好。几乎夜夜如此，我爷爷通常装作听不见，实在禁不住她闹才不得不起来。

从医院诊查回来后，我奶奶便再没下过楼，老太太一生爱美爱炫耀爱攀比，若在街上看到有人与自己撞衫，便再也不穿。两个姑姑在城里，她便让她们在城里给她买衣服，网购兴起，又让我在网上给她挑衣服，表妹去英国留学时，我奶奶问表妹英国老太太都穿啥。但在那之后，她再没下过楼，我依然给她买新衣服，小姑说"你别买了，她穿不出去，更上火"。对于爷爷依然每日照常出门遛弯儿，奶奶颇为不满，劈头盖脸一口咬定我爷爷每天雷打不动出门是为了跟一位姓刘的老太太幽会。

全家人哭笑不得，知道她是恨自己不能出门。

当日我赶到家时，奶奶已入弥留之际。不识人，也不能语，全身浮肿得厉害，家里按照风俗把镜子之类的都已遮挡起来。来了许多远亲近邻，等着帮忙，不时有人进来看一眼，说"看样子得折腾到夜里才能走"，我不知道当时奶奶是否仍有知觉，如果有，听着众人谈论自己死亡，是何感想？

或许，死亡是一种练习。

对于亡者的练习——无忧、无惧、无挂碍。

也是对生者的练习——无憎怨、无嗔贪、无执念。

奶奶离世的当晚，爷爷嚷着要把家里所有关于奶奶的东西，一并拉到殡仪馆都去烧掉，家人对此心生不快，感慨一起生活一辈子，何至于此？

爷爷已经八十多岁，独自生活，家里人还是不放心，问他要不要雇个人照顾他，他说："不要，都走，都走，我谁也不用！"小姑每次去看他回来都颇为失落，哪里是盼着儿女回去，几乎是赶着大家都走。

但终究是盼的，我给他打电话时，他在电话里挨个数一遍，说谁谁回来看我了，但谁谁没回来，谁谁给我打电话了，但谁谁没打。只是，到了他这个年岁和状态，恐怕早已顾不得那么多。顾不得去感念，顾不得去深究，顾不得去细想，有种为所欲为的狂妄。之所以如此，是因为无力。

无力再做一个体面且自控的人，所以能做的，便是希望无收无管，谁也不要在身边，自己好过歹过都不必由他人多言。

有位远房的大舅舅已经七十多岁，一个人，与儿女过活，几个儿女每年轮着挨家住一圈。人勤快得很，还能烧饭做菜，也颇自律，把房间收拾得干干净净。奶奶走后，他来陪我爷爷小住数日，虽然不多言在儿女家的事，但也可猜出一般。

奶奶还清醒的时候，把钱留给我爷爷，告诉他说如果不愿意去儿女家住，就自己找个好点儿的养老院。

老头儿没去任何一个儿女家，也没去养老院，依然固守在他熟悉的地方，熟悉的房子里，每天照常按自己早已习惯的方式生活。想起很多年以前，那时候他五六十岁，家里总是很热闹，因为他总是招一帮老头儿来家里打麻将。

而今，他旧日熟识的人，早已死的死、散的散，早已老得由不得自身。

我端午回去时，刚好有亲戚来看望他，想接他去乡下过节，怕他一个人过节没意思。他说："我不去，我一个人挺好，再说，大孙女回来了呢！"

我下楼，买了十颗粽子，又给姑姑买了两把艾草和两把薄荷带回城里。我们一人吃了一颗粽子、一个鸡蛋，然后他送我下楼陪我在路边等车。等车的空当，他说："真没合计今年我大孙女能回来陪我过节，我还合计一个人过呢……"

菜 园 子

我是有过三个菜园子的。

一个我家的，一个我爷爷家的，还有一个，不知道是我家的还是我爷爷家的。之所以说不知道，是从距离上讲，它离我家更近，但从归属上讲，它可能是我爷爷家的，也确实一直是由我爷爷一个人在打理。但有趣的是，它既不挨着我家，也不挨着我爷爷家，而是一方化外之地。

这块儿菜园子是块儿洼地，四周是邻居家的房子，平均地势要比菜园子高出将近一米，且是曲径通幽，要到菜园子，得穿过邻居家的一道窄门，然后再穿过邻居家的菜园子方可到达。

我爷爷每次从家里出发，先到我家，把我叫上，我们再转个弯儿直奔我们的菜园子，也有我在爷爷家的时候，便一起出发。

我整个童年在乡下度过，那时候没有繁重课业，每天下午三四点钟就放学，放学后太阳依然很高，跑到奶奶家吃饭，吃完饭我的时间多半跟爷爷腻在一起。

爷爷可以说是我最好的玩伴，而我，是他的尾巴。无论他去哪儿，只要能带上我，只要我想去，一般都带上。

这块儿菜园子因为不在自家宅院内，平日并不很方便，所以种的东西也不是随采随食的，多是土豆、红薯、花生、大豆之类，我之所以到现在还能记得清，是因为爷爷有次带我去起土豆，到了里面我到处翻，一边翻一边对爷爷喊："哪里有土豆，还没结呢！你骗人！"我爷爷说有，我说没有，我爷爷说你再找找，我依然翻不到。

他说："那你看我给你找"，一浅锹下去，蹲下来用手把土翻了翻，拽出来一串土豆！我方知道，原来土豆长成是埋在土里的。同理，花生、红薯、山药也是如此。

爷爷如果不去这块儿菜地的话，我自己是从来不去的，因为没有什么好玩儿。不像我家的菜园子，至少还有蜻蜓和蜜蜂可以抓，院子里的瓜果蔬菜摘下来后直接在井台上用冰凉冰凉的水洗干净，那时候物资品类并不丰富，但好在所有的东西都清香甘甜，包括井里压出来的水。

小孩子总是多动，每次加水引井都是我在旁边呼哧呼哧地压，其实并不用心，只是觉得好玩儿，经常把倒进去的水空下去，引不上来便得重新再倒，我就觉得如果我不动手，这井口便像失声的哑巴什么也别想讲。

我以我的淫威掌控着一口井的生命力，它也不忘"回敬"我。那时候人还是小小的，经常被压水的井梁打到下巴，我家的井梁是木头的，我爷爷家的井梁是金属的，所以隔三岔五便会被我爷爷家的井梁打得脸上青一块紫一块。

这仍算客气的。

最恐怖的一次是这口井吞了我两枚手指甲，我小叔压水，我把手伸到了井里。其实对于这一段我完全不记得，据说当时我奶奶吓坏了，我的手伸出来血肉模糊碎了两枚手指甲。为此，家里最受宠的小叔被我爷爷打了一顿。我小叔把这笔账算在我头上，长大后也常常拿来说。

我小时候中意的两类电视剧一类是警匪片，一类是武侠片。现在想来，那是港片辉煌的年代，内地没有太精彩的剧目，所以家家看的都是港台片，台湾地区多言情，而港片则盛行武侠和警匪，相比之下，我更喜欢港片。

　　无论是侠客还是阿 Sir 都让我觉得酷得不得了。大人喜欢问小孩子长大做什么，每次我都答做皇家警察，我爷爷便每次都拦住，他说那可不行，那都是脑袋别在腰带上的营生。其实那时候我并不明白这句"脑袋别在腰带上"的含义。

　　为了实现我的飞檐走壁和匡扶正义，我开始翻墙、跳大门、练翻跟头，在学校替同学出头，以及顶撞老师。多次被抓现行，虚心接受但屡教不改，直到有一年我在院子里练翻跟头把左手手腕扭了，我没敢吭声，只看它偷偷肿起来，又偷偷消下去，此后，才消停一些，知道自己不是电视剧里所讲的"骨骼清奇"的练武奇才。

　　我那时候研究的舞学招数颇多，比如"水上漂"、比如"凌波微步"、比如"隔空点穴"，但这几个可能确实有点太难了，唯一有一些成效的是"听音辨位夹苍蝇"，以至于到现在我都能空手抓蚊子而不伤其分毫。

　　我已经记不清是几岁时回到自己家住的，估计已经是上学后了，在此之前，我一直生活在爷爷家。大概我长大了一点，可以当半个人使了，我才回到自己家住。那时家里还没有妹妹，我姥姥也没有来，家里住着的是一位大奶（我爷爷的嫂子），小姑在当地的小学当老师，还没嫁去城里，所以每天在爷爷家吃完晚饭后，小姑带我回我家，加上大奶，我们三个人一起住。

再后来，大奶改嫁了，小姑也结了婚，妈妈生了妹妹，姥姥因此来我们家带妹妹，我继续留守，住在我们家里给我姥姥和我完全不懂事的妹妹壮胆儿。

我大概是那时候开始一个人睡的，因嫌我妹妹哭闹，我一个人搬到父母的房间。最开始怕黑，开着壁灯，也是从那时起，开始看小说，我到现在都记得我完完整整地看完的第一本小说的名字——《白牡丹行动》，其精彩程度，恐怕要比现在热播的谍战剧好得多。

我姥姥来我家后，我家的菜园子也跟着丰富起来。我姥姥生性简朴细腻，做什么像什么，一块抹布也洗得跟毛巾一样，她在我家屋里屋外养了很多花，大大小小能有三四十盆，园子里还按月份种了各种菊花。我最喜欢她在大门花架处种的牵牛，那不是常见的牵牛，而是带白裙边儿的大牵牛，它们满满当当爬在我家的门上，使我家在一条街上特别好认。

由于我跟姥姥的"不愉快"，我经常叛逃到我爷爷家，其实也没有大问题，只是我姥姥一辈子教育子女都是"温顺质朴听话节俭"一类的逆来顺受，而我，是我爷爷奶奶娇惯大的"小霸王"，所以她每次管束我，我都会顶撞她，她生闷气，我则一拔腿跑到我爷爷家。

我爷爷家才是最好玩儿的地方。

人多，热闹，除了自家人，还有很多乡里熟客。但其实有没有那么多人也无所谓，我最好的玩伴是爷爷。

我在院子里跳皮筋，一边系在墙台的花洞里，一边系在井上，我爷爷在井边压水浇园子，他若走开，我就跑过去接着压。

我在门洞里打秋千，我爷爷在一旁晒米筛谷子。我瞅他呵呵地笑，他瞅我呵呵地笑。

我跑到门前摘两颗看桃，把果皮去掉，抠得只剩核，递给我爷爷，我说："你给我雕一个什么"，我爷爷说："我哪会？"我说："那就简单一点"，我爷爷想了想，给我抠两个小篮子。

我帮我爷爷浇花、浇菜、种园子，我爷爷种什么得跟我商量，我爱吃的他要多种一些，我不爱吃的他要少种一些。记得那时家家围着自家院墙一圈儿几乎都是种甜杆儿、高粱、玉米，我跟我爷爷说我爱吃甜杆儿要多种甜杆儿，我爷爷就没再种高粱。

爷爷家的菜园子要丰富得多，前院儿一块儿，后屋一块儿，且都不小。除了种菜，种花，还有果树。前院儿是桃树、樱桃树，后院儿是李子、苹果、梨，还有棵上了年纪的枣树。井台旁爷爷空出一块地方专门种花，上面支了葡萄架。井池里压出来的水顺着搭好的水渠由高至低流到园子里，再四散分去。

也有分不到的地方，就得靠长长的水管儿，这是我最喜欢干的差事，架着长长的白水管儿在园子里喷水。那时候乡下已经有了自来水，所以用水管更方便，更早之前没有自来水的时候，要拿喷壶一垄一垄地浇，盛满水的喷壶我是拿不动的。

最喜欢每年育苗的时候，水稻的秧苗要先育在自家园子里，等长到一定大小再移栽到水稻田里，育在家里时，上面还要支架子盖厚塑料布，时不时还要打开通风，要洒水，然后再盖上。插秧的当天尤其热闹，家里来很多人，都是来帮忙的亲戚，一队人热热闹闹起苗、卷苗、装车，然后浩浩荡荡向田野奔去。

秧苗移到田里后，我的世界便又大了一些，可以到田里去撒野。捉蝌蚪、捉泥鳅、追喜鹊、采野花野草野种子、到水坝看大人打鱼。我喜欢田里的井，远远地就能听见突突的声响，有些震耳，那是大地奔涌的生命力，井口喷出来的水清冽又甘甜，比家里的水好喝得多。

爷爷小学文化，奶奶没上过学，所以每年中秋时的"拜月"，他们并不懂，我们也就不拜月，但中秋还是尤为高兴，大家尽量回来一起过节。暑气散尽，我们歪歪斜斜坐在院子里吃葡萄看星星，奶奶讲的故事都很老土，但却颇有神奇色彩，总归离不开一些神仙小道遁地变身，我们便都很爱听，且百听不厌。

收获的季节，又是一番热闹。我爸和我小叔在外做生意，两个姑姑都在学校教书，家里农田的活儿几乎都是远房的亲戚帮着干，乡下人质朴，主动热情地帮忙，且实打实地出力。

稻子收割完后，田野便进入了"静默期"，越来越荒芜，随着天气越来越冷，变得越发僵硬。这时候的田野，除了风和乌鸦，几乎是没有人来的，但爷爷拗不过我，会骑着自行车带我再去转转。他不知道我为什么一定要去，而当时的我也不知道就在彼时，有一千种情感通过眼前的空旷灌入我的身体里，比如沉默、寂寥、无边、失落、隐忍、伤感、孤寂、等待、迷茫……

所有的庄稼都被收割走，所有的鸟雀都跑到南方去。

这一走，便是一冬。也有迷糊的燕子没有走掉，冻僵在爷爷家的园子里，我把它捡进来放在纸壳盒子里，小叔手脚麻利地想给它做一个大一点的笼子，但没等笼子编完，它还是死掉了。小叔说是因为我总用手摸它，我则坚持怪小叔编得太慢。

我的左脚踝上文了一只衔着粽子的燕子。

很多人见了问我什么意思，我并不仔细回答，因为我清楚问的人也只是客套开个闲话儿。

燕子——家。

粽子——端午。

那是于我人生之初，和爷爷奶奶一起度过的时光。有园子里的韭菜、打了花苞的大葱、粗得不像样子的黄瓜、长得不像话的豇豆、一不小心黏一手桃胶的油桃树、噼里啪啦拿竹竿轮下来的脆枣、做成首饰的蚂蚁菜、染了指甲的凤仙花儿……

每次包了指甲后，奶奶都念叨"别乱动，别揉眼睛啊……"

奶奶的一串紫水晶

　　奶奶临去世之前，托大姑和小姑把生前大伙送她的东西又还了回去，因为生不带来死不带去，留给我的最多，因之前我送了她很多。

　　奶奶长得并不美，个子也就一米五左右，外眼角下垂看着蛮横，事实也很蛮横，出身地主家庭，是家中最得宠的老二，所以自小娇纵。后辈常拿她说笑，想想大半个世纪过去，像她一样活出女人地位的姑娘还是太少，生前丈夫孩子皆因她的自私吃了不少苦头，但死后，家人提起来却忽然就念着她是活得很自我的人。

其他人皆说她刁横，唯独在我这不成立，因我是家中第一个孩子，她待我着实好，连一直被刁难的我妈都不得不承认我奶奶待我是真的好。千禧年左右小叔和婶婶还未离婚，两人一起去深圳闯荡，难得回来给一大家子人带各种礼物，婶婶更是跑到学校把我接出来带我去买衣服。家中最难讨好的人自然是我奶奶，于是小叔他们给她买了各式各样的玩意儿。其中有一条紫水晶的手链和一条白水晶的项链，质地都上乘，难得的是紫水晶手链是每两颗水晶珠子中间都夹一个金珠子，那时候没有所谓18K金这种东西，却是实打实的千足金。

小叔和婶婶走后，有一日我奶奶把我叫去，要把两条链子都给我，我当时一个初中生哪里用得，我说我不要，她说紫水晶的手链年轻人戴才好看，说什么都要给我，且交代我不许说出去，最后我们达成共识，紫水晶手链我留着，白色水晶项链她留着，因为那时候都说戴白水晶有助明目。

说来好笑，我大姑小姑提起奶奶的生前，发现她并不支持子女读书，尤其大姑小姑要学杂费都要狠狠挨一通骂，但唯独一件事例外，便是做衣服。她们上学时学校会组织文艺汇演，那时要么集体交钱做衣服，要么交代家长带着孩子自己找裁缝去做。每遇此情形，一向不好说话的我奶奶却都支持踊跃得很，我猜是因她自己热衷这些，所以在这方面对我两位姑姑便格外手松。

临街西院儿的女主人比我奶奶小几岁，我叫她刘姑奶，为人质朴宽和，却在那个年代把家里三个孩子都供成了大学生，时至今日这个世界依然是"知识改变命运"，何况是那个年代。虽然今天各家日子也还过得不错，但提及当年的上学读书，大姑小姑还是表示遗憾。

前段时间看了一段 TED 演讲，内核太过真实，如果想改变命运，最大的因素是什么？答案是不要投生在贫瘠穷苦的人家，除了客观的经济劣势和不足，穷苦人家的父母基本没有受过良好的教育，没有开阔的思维和更高的认知结构体系，所以受他们自身所限很难培养出来优秀的孩子，虽然有，但实属非常罕见的例外。

当时西院儿刘姑奶家的条件并没有我奶奶家好，但夫妇两人却较开明，所以很注重对孩子的培养和教育，而我奶奶则忙于买衫、打牌、做衣服。

读中学时，饰品之类并不让戴，等到大学才开始戴那条水晶手链。去参加一位姐姐的婚礼，她家与我家算是世交，我小时候寒暑假多在她家度过，两家大人纵使平日忙碌，年节也总是要聚聚，因此除本家和亲戚外，我对他们一家人颇有感情。

我们已多年未见，只因我一直在上学，大家聊起来，还提我当年是小丫头的光景。姐姐随口说我的手链好看，我便摘下来直接送了她，事后我妈知道，说我："你个小孩子出手倒大方，那么贵的东西也不跟大人打个招呼？"我说："反正都送出去了啊，再说我奶给我就是我的了。"我妈说："你送就送吧，别让你奶奶知道，知道了肯定要说你。"之后，果然奶奶偶有几次提起，我都支支吾吾搪塞了过去。

奶奶喜欢买衣服，也喜欢各种饰品，手链、手镯我给她买了一些，衣服也买了很多，某日在八大处烧香，看到一条紫水晶手串，紫色黄色珠子相间很大一颗，我猜她会喜欢，便买了一条，送给她，她果然喜欢。

但我没想到，有一天，她会把这些又还给我，我从未想过人在临死之前是要做"交接"的，我给她买的那件瑞蚨祥的棉袄她并未上身穿，虽然她喜欢得很，她说："算了，别穿了，我穿过回头别人嫌弃了，这么好的衣服别作践了……"这话我听来无比心酸，倘若在她身体好时，估计早就第一时间穿上出门去和其他老太太显摆了。

我把她还给我的东西放在一个袋子里，又特意装在一个盒子里，然而却好久都找不见了。

又是一年冬天，每年冬天我都会想到她若还活着，是该给她买新帽子了，她喜欢獭兔毛的帽子。作为一个东北老太太，生前甚至还想买件貂儿穿穿。

游至深海区

　　山与海相比，我是更喜欢山的。是否应了"仁者乐山智者乐水"我不知晓，只是在我看来，山要比海慈悲。

　　中国文人素来有归隐田园的传统，这个田园也多半是指山，比如陶渊明的"采菊东篱下，悠然见南山"，比如辛弃疾的"七八个星天外，两三点雨山前"，比如王维的"空山新雨后，天气晚来秋。明月松间照，清泉石上流"，比如孟浩然的"故人具鸡黍，邀我至田家。绿树村边合，青山郭外斜"。

　　说到这里，山的慈悲接地气便也可见一斑了。直译一下就是——山是有人间烟火气息的。有人家、有炊烟、有小径、有家禽、有篱笆、有闲话……哪怕是落寞，也是人世间的落寞。

海则不同，它不属于人类的活动领域，它属于人类的探险领域，充满未知、不确定和危险。

几年前的夏天，全家人一起去海边。除了我爸，家里三位女士都不会游泳，于是我们租了救生圈。说实话，救生圈这种东西并不能给我安全感，我总在想，这东西要是中途漏气坏掉怎么办？

但即便如此，我还是把心一横套着救生圈游到了深海区，为了挑战自我？当然不是！而是我爸游到了深海区，那几年家里生意不顺，我爸整个人也低落得很，作为一个自尊心极强的人，我真怕他一下想不开。

果然，到深海区临界的时候，我爸说："一个猛子扎下去算了。"我没吭声，至少我清楚我还在他旁边，他当然不会这么做。但我同时想到另一个问题，他如果真这么做了，我能怎么办？我自己很难救他，喊人来救估计也来不及，所以，如果那一刻我爸真的选择扎下去，我可能只能目睹这一幕。

这就是我恐惧海的原因，它带给我深深的无力感，像暗沉而无边的命运。唯一不同的是命运尚可允许你挣扎抵抗，而对于海，一切都是枉然。

我抱着救生圈漂荡在深海区的海面上，一边想"我放手了会怎样？"一边又提醒自己"千万不能放手"。放手是非常容易的事情，有什么难呢？把手撒开，一两秒钟的时间而已。就是因为太容易，所以它与我们"努力维生"的付出挣扎完全不成比例。

身后游半个小时就是岸，是人间日常，是朝九晚五，是上有老下有小，是滚滚红尘悲欢离散。而离这一切并不算远的地方，是完全看不见的生死一线，是一个人选择他的故事是否终结，静默、没有声响、不被知晓。如果有人放弃，那么他就被海水轻易接收，几秒钟后完全消失。

所以我一点儿都不喜欢海，因为它让我感到茫然无边以及人力不及的绝望。我曾坐在一位朋友的车上讲述我对海的"恐怖认知"，那是一条开往山里的路，壁上枫叶正红，柿子也结得结结实实。他听完叹了一口气，缓缓开口说"不要想那么多"。

为了"不要想那么多"，所以要转身回到陆地上踏踏实实满坑满谷地生活。回到山舍人家，回到柴门犬吠，回到午夜街头，即便是空落落，也是人间的空落落，哪怕是登重楼，起码也是有栏杆可倚的。

生而为人，总是依靠一些贪恋凭借。

电影《海上钢琴师》里"1900"一生没有下过船，他无法离开海，无法抵达陆地，无法抵达城市，无法像其他人一样拿着地址走下船去找那个住在城里的女孩儿，然后开始他的另一段人生……

如果不是他的朋友，甚至没人知道他还在那艘早已荒弃的邮轮上，他最终也没有选择下船，而是与 Virginian 号同归于尽。

这是我最喜欢的电影，因为在 1900 的视角里，我看到了如此熟悉的茫然绝望，它太过宏大无边，早已漫出我们的生命，不是我们投身为人便能够解答的命题。

我爸不知道那年在阴郁低沉的海面上，我陪他游到深海区时，竟在内心与他完成了史无前例的一次和解。

不是女儿对父亲，不是养育或血缘，而是一个生命个体对另一个生命个体在当时那种特殊情境下激发的体谅和同情，或者说，是悲悯。

我不知道之后我是否会再次去深海区，或者在我未来的人生境遇里，是否有什么也会让我在那一瞬间产生"放手"的念头。

苟活于世——是份十足珍贵的热情，它并非对所有人都理所当然，而对每个生命个体却都不容易。

少年漂流记

　　我是在十二岁时离开故乡的，刚好小学毕业的暑假，随父母一起搬离，从那之后，开始"漂泊"起来。除了我长至十二岁的故乡，我对其他地方，都没有什么认同感，也正因如此，亦没有什么陌生感。

　　我记性不大好，事实上很多事情都记不得，如果我记得的话，应该知道我的"漂流记"其实比那还早，这些可以取证于我五六岁时拍的好多照片。也正因这些照片，让我记得当时我在哪里，跟谁在一起，我的玩伴是谁，否则，估计我什么都不记得了。

但真正追溯起来，我的"漂流记"应该比这还要早。听家中一位多年交好的伯母说，她跟我妈的缘分结于当初我妈抱着我在商场的柜台前闲逛等车，而这位伯母是柜台的营业员，同时也是那家商场总经理的太太。她见我妈抱着我辛苦，便给我妈搬了一把椅子，还倒水给我们喝，她说那时候我大概两岁。

更早呢，我还在我妈肚子里时就已经随着她做生意东奔西跑。由此可见，这种"动荡"基因是我打娘胎里就已经开始培养起来了。

初离故乡时，我有很强的排斥感，排斥父母的家，排斥跟他们在一起。刚好赶上青春期，与父母生疏，郁郁寡欢，父母试图开导我，但我在信里对他们说那不是我的家。他们便问我，那哪里是你的家呢？

哪里是我的家？

我的故乡？

我的小院子？

我的菜园子？

我的田野和水坝？

有我爷爷的地方？

或许这些都是，或许这些都不是。我不知道家对我来说是什么。或许曾经知道，在很小很小的时候知道，是我爷爷送我出门站的台阶，是跟小伙伴嘻嘻哈哈走回爷爷家已经做好的晚饭。也是我在夏天的午后，百无聊赖地躺在父母的床上，望着后院儿邻居家哗哗作响的玉米叶子，和一簇簇紫色的马兰花。

是我妈挂在床头的蝴蝶风铃，我躺在床上百无聊赖拿脚踢了又踢，它样子好看，声音也好听。在我童年的印象中，它其实比我妈给我的印象更清晰，或者说它代表了我妈留在我身边的气息——美好而优雅，伴着一个不到十岁的小姑娘的寂寞无聊。

爷爷家装电话之前，我给我妈打电话需要我爷爷骑自行车载着我去村上最大的那家商店。再之前，连那家商店也没装公用电话的时候，我爷爷需要写字条托长途客运的司机师傅带给我爸，内容几乎都是关于我，也几乎高度一致，大概总是在说"孩子生病了，想她妈，得空你们回来看看……"总是这样，反反复复。

我记不清那时候我爷爷是把我像字条一样塞给司机师傅转交给我爸妈，还是他亲自送我去。可以去见我妈，我自然很兴奋，但却都是有条件的，作业做了多少？卷纸抄了多少？最苛刻的是要把长头发剪短。我留了鬼心眼儿，我说等见了我妈让她带我去剪。我怎么也没想到当天下午我妈就带我去剪头发了，还一剪到底，彻彻底底剪了男生头。我妈跟我说她不在家，爷爷奶奶照顾我不方便，留长头发让他们费心……

现在回想起来，我小时候几乎就是小龙人的寻母路，所以那时候看小龙人总是看一集哭一集，我觉得他跟我一样，都是见不到妈妈的人。

搬家之后，我跟父母就在一起了，意外的是，我们的关系并未如期待中亲近起来，反而由生疏到抗拒。初一入学时我开始住校，一个月放一次假，从学校到家的车程依然要两个半小时，分属两个城市。

我有时回家，有时回爷爷家。因为离家较远，我妈大多数情况下会来学校接我，后来走久了，我妈就到半路接我，她每次都嘱咐我自己坐车时千万不要睡觉，但我总是每次都睡着，我当时对他们的抗拒已经到了"就这样吧，丢了就丢了吧"这种程度。

大概是从那时候起，我有了一个人在路上的感觉，晃晃悠悠的车厢里都是陌生人，且几乎都是大人，少见小孩子，也没有什么学生。车身在路上起起伏伏的，出站的时候天还亮着，然后越走越远，驶进暮色，路过我叫不上名字的村庄、城镇和田野。田里的树远远的，在暮色中被染成深灰色，天边也成了深灰色，偶有紫霞夹杂其中，如一块随手扎染的长布。

也是从那时起，"家"的概念在我心中逐渐淡出而模糊，脑子里越来越清晰的三个字是"在路上"，它不是一辆摇晃的车厢，也不是路过的村庄，它应该在云朵之下的某一处。

我是个晕车晕得厉害的人，六七岁前坐火车都要吐，但于少年时的这些来回行走里，我变成了爱坐车的人。确切点儿说，我喜欢自己一个人在路上的感觉。无头无尾，无始无止，在那个区间里什么都不需要去面对，只有车窗外的风景和零碎游走的心思。

就这样，初高中都住校，来来回回走了六年。然后升大学，又换了一座城市，一条新路线。入学那天家长送孩子到宿舍，姑娘们都眼泪儿巴巴的，只有我一抬手跟我妈说："你们走吧。"

大四时，一个人到广州实习。家里人担心我不习惯，结果几个月后回家胖了十多斤，别人跟我妈说"这孩子心够大，走哪儿都放心"。

我四处走，从广州到北京，由北京去成都，再由成都去长沙，中间差点儿去了云南，最后被朋友邀着又到了北京。一晃儿，在这座城市生活已八年，除了小时候的故乡，这是我待得最久的地方了。

身边朋友陆续在这座城市扎了根，有人问我打算，我说不知道。

是真的不知道，前路或后身都不清楚，依然如同摇晃在少年时那个行在路上的车厢中，驶向哪儿，什么时候停，我并不清楚……

旁人总是惊叹我每到一个陌生地方瞬间的适应能力和随遇而安的熟稔程度，或许我早于少年时便已隐约察觉到此身如寄，寄于天地，寄于时光，不过都是过客……

因此，我总是怀着一位天生过客的伤感，认真在我路过的地方生活。

想起自己大概在十年前写下的一句话，虽显矫情，但却至今记得清晰——

如果是候鸟，就注定要迁徙。

你又如何停下来呢?

死 亡 练 习

中国人是避讳谈及死亡的，恐怖而又不吉利。

记得小时候我问外婆，人死后会怎样？外婆说，就扔火里炼掉。我说，那多疼啊！外婆说，人都死了，哪还知道疼？

所以，死人会知道疼吗？

会知道冷吗？

会知道黑暗恐怖吗？

我离死亡最近的一次，是去年春天奶奶去世时。过春节时，奶奶还可以坐到桌前跟全家人吃团圆饭，大概立春前后，病情一下就不好了。

大家虽都有心理准备，但当真正发生时，还是觉得"突然"。奶奶生病期间，小姑辞掉工作在奶奶家照顾她，小姑跟我说："我特别怕睡觉，一觉醒了你奶走了，妈就没了。"因为小姑的形容，那段时间我也怕睡觉，或者说每天睡觉前都要想到"明天会有坏消息吗？"

我用自己了解的一点点医学常识来安抚自己，说这种突发状况不会发生，但每到入睡前，依然会紧张，依然担心死亡突然来临。

这种紧张，后来用在了我自己身上。

生病之后，虽然理智一边告诉我"没关系，并不危及生命，放轻松一点"，但依然会有恍惚的瞬间，那段时间尤其是入睡前，会问自己"如果没有明天了怎么办？"

怎么办？

没有答案。

手术时做的是局麻，所以全程清醒，过程中还跟主刀医生聊天，我想这适当缓解了我的紧张，或者说让我脱离了紧张。你看到自己在接受手术，而不是选择全麻在某个瞬间"脱离"自己，"脱离"对这世界的感知。

我们怕的，其实是这种"脱离"，因为它不可控，不在计划之内。

电视剧里演的"临终道别""临终嘱托"在现实里，多半不是真的。人在濒死之际，多半是模糊的，无法表达，也没有办法睁开眼睛，只有吃力的呼吸，直到停止。我不知道在这种时刻，他们是否可以感知到外界？

奶奶弥留之际，我一直坐在她身边，妈妈说："你跟奶奶说你回来了，让她放心走吧……"我不知道她是否听得到，我只跟她说："不管你去哪儿，你不要害怕，你看大伙儿都在身后送你……这么多人呢，你不用害怕的……"

奶奶病了大半年后，终于离开了这个世界。我无法问她，是害怕，是舍不得？还是觉得解脱？尽管在现实里，我们去研究很多模拟试验，但那不是真的，因为不是真的，所以不能代表"真相"。而关于这一疑惑，真相却被死亡的人带走了。

所谓"鬼知道"，是因为鬼是"过来人"啊。

少时读书，因为低血压每到夏天偶尔会昏掉，所以那种"脱离"我早早便能感知一些，多次反复后竟有了经验，你可以感知到身体还能撑多久，什么时候要昏倒，如何避免，如果不可避免，那么昏倒在哪里安全……

唯一不同的是，昏倒时你清楚很快会醒过来，会有人给你一块儿糖、一口水、拉过来一把椅子。而死亡，是再也醒不过来的，因此，没有任何回馈，像黑暗电波的忙音。

身后是一众还活着的人。

他们悲恸、哭泣、难过，料理后事，招待亲客，遵照风俗。

然后，在失去一个人后，继续生活。偶尔想念，或想起。

我们原本以为有很多时间和机会，但却可能在一个转角处戛然而止。我们活过或长或短的一生，但消失于这个世间，不过半个小时。火葬场里，人一个接一个被推进去，每个人的时间前后不到五分钟，亲人甚至来不及悲恸和哭泣。

匆忙。

原来我们离开这个世界时，是如此匆忙。

生病后，我的性情反而比之前更急了些，虽说"静心养病"，但我忽然意识到——你并不像计划般那么有时间。所有关于未来的设想，并不是缓慢下沉的曲线，它没有轨道没有逻辑没有路径，有轨道的是我们预想中的"生命曲线"，但真正的命运却并不如此行进。

得知我生病后，一些未见过面的朋友开始约着见我，我明白对方的心思，我们在这无常无理的际遇里，努力主动创造一点点牵挂和念想。

穆旦先生写——

但如今突然面对着坟墓／我冷眼向过去稍稍回顾／只见它

曲折灌溉的悲喜 / 都消失在一片亘古的荒漠 / 这才知道我的全部努力 / 不过完成了普通的生活

我们无法练习死亡，因为没有练习的机会，但在见了越来越多的死亡后，我们可以练习对待死亡的态度，以及，对待生的态度。

其实——能完成普通的生活，已是幸运了。

夜　　航

每次出行都喜欢搭乘傍晚时起飞的航班。

出发去机场时城市的晚高峰还没开始，下午依然散漫悠长，带着一点微醺的疲倦，老人、孩子在街上三三两两地走着，送外卖的电动车从巷头穿到巷尾再右转消失掉……

一切，都还来得及。兵荒马乱还未开始。没有堵车，没有暴躁的鸣笛，没有一眼望不到头的红灯，车里的人眼睛还没有变红，声音也没有低沉下去。

我便在这安静的通畅里小睡，并未完全睡实，偶尔睁开眼睛正路过一棵巨大的紫荆，有孩子跐着黄色塑料拖鞋行过斑马线。

常有人问我为何性情如此稳重，我仔细想想，大概是我总是回避外界急躁的样子，一座城、一个人、某个时间、某个空间，错开掉对方急躁可憎的一面，像调慢了晃动的钟摆，心，也就跟着慢了一拍下来。

飞机飞进云层时，天光依然大亮，亮得刺眼，如同极昼般的错觉。通常为了身边人方便，我会把遮光板拉下来，然后盯着表掐着时间，七点半之后再度拉起遮光板，外面的色调已柔和下来，依然光亮，但由刺眼的亮白变成暖黄。

我要等的"奇遇"，便从这里开始。

时间一分分过去，八点钟的天空，有如粉色的湖面，带着石墨的层次带着隆重的灰色，由亮至暗，由清明至混沌，最后消失。这个过程很长，能持续半个小时左右，我便贴着舷窗盯着看，生怕错过一点点，多么瑰丽的自然画廊。

我也曾贴在舷窗上数过往的飞机，平均五分钟一班，在此之前，我从未意识到原来大家这么匆忙。从一个地方，到另一个地方。去开会、去谈判、去签约、去拜访、去见人、去游玩……电影里两班飞机擦身而过的定格镜头总在提醒我们"他"和"她"错过了，但在真实的情况里，我们不会因为一班飞机错过，因为飞机可以再来，不能再来的，只是我们自己的勇气和热情。

曾有段时间，我沉迷每天在网上对比各类天文望远镜，有的可以看到木星，有的可以看到土星，有的甚至可以拍摄到仙女座星系，但离我们最近的，最好观望的依然是月亮。它便在几千倍的倍率观测里清晰起来，从肉眼的蓝色、黄色、白色、红色变暗。

最后，我还是没有买一台望远镜。因为我不大能接受这种"真实"，即便我知道"本该如此"但却依然不大能接受。我更愿意相信在某个星球上，有个小王子，也有他的朋友和家人，有葡萄园，有玫瑰花，而不是人类登足之后拖着沉重的航天服吃力呼吸。

通常我情绪极度沮丧的时候，会看一些关于宇航或海洋的电影，没有边际、没有方向、没有坐标点，只有主人公凭着求生的本能强烈地与这种庞大的"虚无"对抗，呼吸，还活着，呼吸，真好，还活着……

如此简单，但已如此艰难。

夜越来越沉，星便越来越亮。之前的彩色混沌消失掉，好看的湖面变成北方的森林，是初冬时的森林，黑暗中笼着白气，你便猜想这白雾中走来的是一头麋鹿、羚羊、牦牛，还是一只熊？

想起少年时最喜欢的一本书，是一本寓言童话，讲一个精灵路过月亮时被月亮的船尖勾掉翅膀，于是他不得不在地球上流浪，寻找可以找回翅膀重返夜空的办法。

他遇到亲情，遇到市井，遇到赞誉，遇到衰老，遇到交易，遇到死神，也遇到同类……故事的最后我已经记不清了，如果这是一则鼓励我们要去"爱"的寓言，大抵当他选择舍身去救同类的时候，大爱就出现了。最后他也回到了天际。

但我已经忘记了这个故事的宗旨是想告诉我们什么，只记得他曾在地球流浪过，遭遇过，像个人类一样经历过……

我喜欢看星星，虽然不认得几颗。唯一识得的便是北斗七星，正因为"唯一识得"便感觉格外亲切，也因多年少见星空，便怀疑小时候的"星罗棋布"到底是不是错觉，还是真的见过？那些星星就那么近悬在头顶？还是小时的课本上这样描述的？

或许是真的见过吧，那时的天低，星也多，大而亮，甚至可以看见银河的白带，那时候没有外星人的概念，只觉得天上住着仙女，一到晚上就有歌舞宴。

也一直记得谷村新司的那句"明日请再来　领路也是星"，在我们长大成人后的百个千个夜晚，兜兜转转寻寻觅觅无所依寄，唯有猛然抬头时发现如今与我对望的，依然是少年时的那颗星，那是在我们的生命中早早结识的。

光亮是万年的光亮，而我们是瞬息的我们。

三毛与夜路

　　我是个记忆力超差的人，很多过去的事情，都不记得。但同时也是个记忆力超强的人，关于当时的情景，完全可以再现。所以我经常觉得自己是个分裂体，一半一直留在过去，一半拼命向前。但这并不矛盾，很多人都这样。

　　分析一个人的骄傲是由什么构成的，大抵，就知道这个人是什么样子了。同样，分析一个人的孤独是由什么构成的，异曲同工。

　　每个人的大致性格和思维模式，是受幼年及少年时影响，长至青年，基本就定型了。一个人倘若在成年之后还能调整自己的性格和思维模式，那多半跟社会性无关，而是属于自身技能提升重置范畴，而一个人的基本性格和思维，其实是属于社会性范畴。哪怕这个社会性最初很小，小到你的家庭、父母、师长、小伙伴，但仍是社会性。

我在少年时期，常看这几位作家的书，有刘墉、三毛、冰心、席慕蓉。总结起来，是偏感性派的。

冰心柔软、席慕蓉深情、三毛炽烈、刘墉宽厚。但现在让我说起当时所阅读的内容，恐怕早已烟消云散般记不住了。只是隐约零星记得一点，模糊的、甚至不合实际的内容。

刘墉写过大致这样一段话，当一个人跟你说话大声时，也许他不是对你有意见，只是他自己听力不够好。当一个人跟你说话带口气时，也许不是因为他不爱干净不懂社交礼仪，只是因为他肠胃不够好。

所以我说刘墉是温和宽厚的，凡事站在对方角度想，那个人也许不是故意没有跟你打招呼，而是因为他视力不好，确实没有看见你。生活中，诸多琐事，皆是如此。我们常觉得愤怒，觉得对方在挑衅自己，而事实是，当事人也许毫无感知。很多的愤怒和不满，皆来源于我们以自身的标准来衡量他人。

我记得有一次去医院，我在病床上等着医生来，一边坐着一边晃，我妈妈告诉我不要晃了，因为会影响到临床的老奶奶，我当时觉得我妈妈真是个不错的人。所以，之后我也经常提点自己，比如很多时候我们在公共场合大声说话或者晃座位或者吃东西，完全会影响到旁人。

冰心的柔软是孩童式的，带着天真和无力。我隐约记得她写到一个少年留学生，在租住的公寓里生病，举目无亲凄风苦雨，然后有个小女孩儿送了他一只花环。我想，这该是冰心自己留学时的心境。

冰心给绝大多数人，包括我在内，最大的影响应该是我们学着去做小桔灯。冰心写作的角度大多是童年或少年的视角，孩子的眼睛，试探的、羞涩的、带着猎奇的、湿漉漉的、生怕惹了祸被大人骂一场的，像个孩童，让人忍不住想抱过来揽在怀里。

我少年时代读的诗，多是席慕蓉和泰戈尔的，我没有读过汪国真。时至今日，席慕蓉的很多诗我仍能背下来，当然，不够准确。同样是青春的惆怅，少女的愁怨，一种无边际的哀愁。比如《一个画荷的下午》，比如《铜版画》，比如《楼兰新娘》。

而读三毛时，那时的我还不知道撒哈拉在哪儿，以为撒哈拉就在塔里木盆地边上，在我国新疆附近的什么地方。当我开始去查问撒哈拉在哪儿的时候，我惊讶于三毛的勇敢，那种炽烈的勇敢。我记得她所写的一个被族人处罚甚至要打死的少女，因为她喜欢了不该选择的恋人，放在当时，这些是超出我理解范畴的。就像今日，在中东地区的很多国家，丈夫仍然"有权"处置一个女性的生死。

我不知道是因为三毛促使了我对在路上的向往和勇气，还是本身我就一直在路上。

小时候因为我是由爷爷奶奶带着，而父母在另外一座城市做生意，所以我从小便经常一个人搭长途汽车两地走动，很小时是由家人带着，大了一些变成爷爷奶奶将我交给长途汽车的司机师傅，然后我妈妈去另一端接我。

再后来，从我初中起，开始读私立学校，学校所在城市与我家仍然属于两个城市。我喜欢坐夜车，大抵是从那时候开始的。我爸生意比较忙，经常让司机夜里开车把我送到一位姑姑家，第二天我再去返校上学。

一段二三百里的夜路，熟悉的司机和我。我经常在车上睡着，到地方司机叫醒我，也有时候醒着，跟司机师傅说说话。我从那时起，喜欢夜路，喜欢夜车。车灯只照亮不远处的有限视野，其他地方则完全陷于黑暗之中，你时常觉得这条路就到了尽头，前面是什么，茫然未知，车子驶进黑暗里，又有了新的路。好像下一秒就是尽头，也好像，永远都没有尽头。

这是我为什么喜欢在路上的最大原因，一种对未知的毫无掌握的探索和猜测，像我们的人生。

我喜欢在车上睡觉，便是那时候养成的。学校与我家，有两三个小时的车程，我爸有空的话会去接我，也有时候让司机接，但更多时候，是我自己搭长途汽车。中间要转次车，因为不进站，所以我妈通常等在路边转车的地方，我妈再三嘱咐不让我在车上睡觉，怕我坐过站，但我每次总是睡着，我妈就在车窗外敲窗户把我敲醒。

我始终觉得，我对这个世界，是没有什么陌生感的。或许，这些都来源于小时候的经历。同样，正因为一直处于奔走迁徙的状态，我对任何一个地方，也没有太大的认同感。我曾在我的朋友圈里写过一句话"再投胎，还是异乡人"。一句很伤感又无奈的话，很多人在下面发感慨。

前几天跟一位朋友见面，也提到这个问题，我们身上始终有种"客居"的观念，不知道哪里是自己的故乡。尽管，你在一个地方长大，那里有你的家人、你的房子，但那里不是我们心目中的故乡。越走越远之后，故乡，成了远方，一个永远抵达不了的远方。这是让人伤感的事情，也是千古文人骚客的心头病。

　　也许，你爱的人在哪里，哪里就是故乡。比如三毛，在撒哈拉生活数年，与荷西一起，两个人走过沙漠在一个黄昏去领结婚证。同时，那里也"埋葬"了荷西。我有时想，像三毛这种太过勇敢炽烈的姑娘，是不是命都太硬，以致花好月圆只是一瞬，很难长久。比如，之前去世的未婚夫，比如后来溺水的荷西，甚至自缢的自己。

　　相比爱情，拼凑起我们更多的，其实是孤独，一种不可名状的、无药可解的孤独。有些人的孤独，是有解药的，比如爱情、比如社交、比如成功、比如革命。而有些人的孤独，是无药可解的。

　　我们总在尝试说做种种事情，以及心理建设，让自己不孤独。其实，或许我们更该做的是与孤独面对面坐着，相互观赏。

　　告诉我，你的孤独的形状。

　　告诉我，它的模样。

孤　僻

　　一个惯常的周末，北京进入连日阴雨的天气，天气预报每天都有中雨，却没见怎么下，空气却是湿漉漉的，放眼望去便是湿漉漉的灰。

　　不是个喜欢社交的人，变得健谈基本是在三十岁之后，其实不是一下变得健谈起来。与其说是健谈，不如说是"发声"，三十岁之后观点、心性、态度渐渐成型，想说的要说的也便多了一些，在之前，自己处于模糊状态，便是闷闷的。

　　在日常生活里，依然是个内向的人，不喜欢热闹，也不喜欢社交。曾有位朋友做了个比喻，说有些人社交是充电的过程，而对我们这类人，社交则完全是耗电的过程，哪怕是跟熟悉和喜欢的人相处下来，也是疲惫得很。

由此，很多情况下会有意疏离，并不是感情浅薄或者不喜欢，单单是因为精力体力都不够。对于热衷社交的人，这种"不得力"是无法理解的，往往被认作是有意冷淡或性情凉薄。

拒绝掉一些邀约，只是为了一个人独处时松一口气。在网上下单买了玉米、毛豆、南瓜、黄桃、鸡蛋、乌冬面，难得有时间在厨房里应对夏天。平常工作日从出门到回家几乎要在外十一个小时，零零碎碎把时间耗掉，是不会有整块儿时间独处和慢悠悠做事的。城市里的好多年轻人熬夜，大抵也有这个因素，白天过着"身不由己"的生活，只有晚上一点点的时间是属于自己的，哪怕什么都不做，也要"等一等"不肯睡去。

人的心态会影响行径。记得在到北京之前，我做事、走路、说话一直都是慢悠悠的，就像是个老年人。到北京生活了几年后开始越来越快，衣柜里越来越多的西裤、西装，而病了之后的这一年多，好似又开始喜欢慢悠悠地度日，日常上班若没有特殊安排的话，基本都是中式的长衫长褂。

穿条宽松的棉麻旧裙在厨房里忙活，因只自己一个人吃饭。为图省事，便做一道菜，改了下水煮鱼的做法，用干辣椒、生花椒、姜片打底，炒出香味儿后下用黑胡椒粉腌好的鱼块儿，油多一些便可将鱼块儿炸得匀称，放泡椒和笋，最后再放豆芽儿。我做菜向来没有章法，想起什么做什么，想起什么放什么，好在凭着经验和直觉几乎从未失过手。为此，我家偶有的小聚，我若下厨的话，朋友们都很欢喜。

之前一位女友没有结婚的时候，她工作较忙经常加班，我偶尔回家早会问她要不要下班时顺路到家里吃饭，如果过来，便准备煲汤，再炒三两个小菜。两人边吃边聊，小坐后她再开车回家，我送她到楼下。

喜欢人与人之间这种交往的尺度，清淡但有温度，在一起时有你来我往的交流，有倾诉或嬉闹。离开后，各自回到自己的日常里，没有过多的牵连，各自忙活自己的事情，直到下一次相邀。

人的感情是很奇妙的事情，其混杂的层次难以描述清楚，因此我不大喜欢各种学者对于某个现象的定义，尽管被冠以一种说法，但其实大家都会存疑这种公认的说法依然不够准确，顶多算是"约等于"，为了方便，我们只好来分解"等于"的部分，至于"约"的部分，则个人有个人的体验，又不足对外人分清道明。

我们很多时候要用那部分可以言明的"等于"的部分来明确被定义的部分，给自己一个理由——人是需要理由的，有了理由才有一个出口。我们常说一个人想不明白，其实不是想不明白，是他想了很多理由，但没有找到一个可以很能说服过去的理由，这就是人的特别之处。《圆桌派》里窦文涛说对一家店里棉麻质地的衣服上瘾，武志红老师解释为这是婴儿对于母亲的记忆和贪恋。我倒不觉得如此，不是所有事情都要拿人最初的原生关系原生体验做比喻延伸才恰当，因为一个长到三四十岁的人，和一个婴儿对母亲的定义以及需索是完全不一样的。

我倒觉得这更像是人们嘴里说的"乡愁"，它并不来自故乡，很多人的故乡是被自己抛下甚至嫌弃的地方，人们结着的"乡愁"是对理想中的故乡的憧憬和留恋，是给自己安排一个回身之处，所以我们所解释的对母亲的记忆和需索，其实也并不是指现实里真正的母亲，它只是一个借代。

所以，人的情感是很难被定义的。我们在人与人的关系里只能定义"等于"的部分，而"约"的部分，只有当事人自己清楚。因此，敏感的人会觉得孤独，因为 Ta 比不敏感的人会更频繁地感受到那份始终无法被他人解读到的"约"的部分。而"约"的这部分，在不敏感的人群那里，他们多半是察觉不到的，所以他们愿意分享自己的"等于"给那些"孤僻"的人，他们认为这是一种关爱，并且认为快乐这种东西会传染。

但我们深知，事实并不如此。

与老舍先生做邻居

　　五一之前要搬家，为了离公司近一点，决定搬到公司附近的胡同里。走路大概十五分钟，狭窄幽长的巷子有高大壮硕的老槐树，老楼的平台上架着鸽箱，黄昏下学的中学生拍着篮球在巷子里穿过，边走边斗嘴。

　　房间在二楼，对面是一家中式建筑风格酒店的后院儿，宽敞安静。我在房间里拍了几张照片发在朋友圈，几乎当下拍板。

　　听我报出价格后，朋友的反应是："看不出哪里好！"倒是有"识货"的，在下面留言说："这个感觉倒是像老舍笔下的北京胡同啊。"

哪里是像？根本就是街坊。

老舍先生的家就在后面一条街，走过去不到五百米，对于一个文艺青年来说这就是最大的加分项，几乎是绝杀的加分项。

签电子合同，转预付款，办交接，更改电子门密码。

然后我一个人在房间里盘坐在尚未铺好的床上发起痴来，想象住在这里后春花秋月四季轮转的样子，好像先生笔下那个堪称天堂的北平之秋近在眼前。

冬日落雪更好，白皑皑的雪铺一层在对面房子的斜瓦上，鸟雀偶尔落个脚印，我便在房间里煮一壶热气腾腾的姜枣茶裹条毯子看窗前簌簌的雪发呆。至黄昏，天边现了绛色，夜色如河流由远及近流过来。

回来路上，方觉哪里有些不对，发微信给中介的小伙子说房间里的味道有些呛人，小伙子倒实在，坦言重新装修好才一个星期，味道是要放一放。我问可不可以晚点搬进来，推迟起租日期，小伙子说怕是不行，又劝我说："姐，这房子难得你喜欢，一眼就看中。要是现在不租的话，我怕过几天没了。"我心想也是，北京租房买房的行情几乎跟春运抢票差不多。

第二天刚好周末，我喜滋滋地领朋友去我的新住处看一看，里外转了一圈后朋友说："知道拦不住你，你喜欢住就住吧。不过你这窗户外面怎么连栅栏也没有？"我便瞧了一眼，才意识到这是个实实在在的问题。

二楼，别说身手矫健的小偷飞贼，连我自己费费劲也能爬进来。我赶忙跟中介沟通，问能不能给安扇防护栏，中介说他们只管出租房子，安防护栏的事应该由承接房屋装修的平台管，也就是我的自如管家。

我联系了自如管家，反映了情况，结果是推三阻四，一会儿说是中介的分内事，一会儿又说是房东的分内事，我说不管是谁的分内事，我需要明确的是"能不能安？""谁来安？"几次沟通下来给我的答复是"不能安"。我问那我的人身安全有危险怎么办？对方的答复让我当场喷血，对方以非常专业的不容置疑的口气回答我说："女士，如果您的人身或财产安全真的受到威胁，您可以报警立案，警察来分责，我们不会让您赔偿这种情况下房间里损失的东西……"

没等对方说完，我决意退掉房子。事实上也的确这么做了。

还是会在午休时偶尔走到那条巷子里去散步，也会去老舍先生家的那条巷子，天气越来越热，绿荫越来越深，老街坊把洗晾的衬衫单裤干脆挂到外面。老舍先生故居是对外免费开放的，里面分区，有先生的生平简介、作品简介，还有生前物件儿、影像资料，案台上的日历翻到1966年8月24日那天。

而在8月21日，先生与儿女的谈话中提到："欧洲历史上的'文化革命'，实际上，对文化和文物的破坏都是极为严重的"。"我不会把小瓶小罐和字画收起来，它们不是革命的对象；我本人也不是革命的对象。破'四旧'，斗这砸那，是谁给这些孩子这么大的权力？"作为一位大知识分子，显然老先生内心非常明白"文化革命"对文化的伤害，甚至意识到对文化人的戕害，但在这种以整个社会为时代背景的粉碎性文化碾压下，老先生又能怎样？

老舍先生生前一直被界定为体制内作家，曹禺先生说他是热情的爱国主义者，对于这场"文化革命"虽然先生所持质疑态度，但依然心存一丝希望地尽力配合，或许他认为"不会那么糟糕"，或许他相信"暗夜很快就会过去"。但事实上，他没有等来这个时刻。

23日老先生撑着病体到文联尽力配合参加"文革"活动，当天到底发生了什么，众人说法莫衷一是。

受到了身体伤害吗？受到了极大屈辱吗？但我想最终促使

先生舍生投入太平湖的真正原因是精神上的极大悲怆和绝望。

对当时社会大环境和民族命运尤其是文化人命运的悲怆无力。

对那种期许黎明到来，永夜一定过去，但却放弃忍辱等待的绝望。

我们当然深知永夜一定会过去，诸事物极必反触底反弹，因为这是事物发展的规律，时间是它展现规律的轴线而已。

但有时，我们依然会"不智"地放弃等待和选择，因为除了求生，我们还有基本的尊严和情感需要被尊重被满足。无论是半个世纪前，还是今天，即便作为最普通的个体活着，我们都需要安全感。

它可能来自国家、来自社会、来自团体、来自机构、来自法律、来自制度、来自市场化的平台，但究其根本，它来自人、来自人心与人性、来自一个人对自我的高度规范，以及对他人的高度尊重。

到底没与老舍先生做成邻居。

先生走失，再未归还。

而我，由于一扇被"专业解说"回复无法安装的栅栏，瓦解掉了入住的信任感。哪怕，那一处开满槐花的巷口一直是我的心心念念。

城

我抵达过很多城市，途经、探访、生活，从北方到南方，又回到北方。年复一年，日复一日。

广州

大四毕业前，去了广州，那是我第一次独自一人离家这么远。那时纸媒行当虽已下滑慢慢不景气，但大势犹在，各大报纸、杂志上多是今日公号红人的专栏，那时还流行以文会友，穿着时髦的女郎信手还可以写几句优美又隽永的小诗。

我是在这种背景下，南下去了广州，飞了两千多公里。早春的四月，南国已热得不行，临时寄住的伯伯家六七点钟开始喝早茶配饼干，我当时心底疑虑——这怎么能吃饱？结果到九点十点时伯母又喊我去饭厅吃粉。

园区或街道处处散着热带乔木的甘甜气息，我试着搭公交，但频频出错。后来伯伯给了我一张城区地图和一个指南针，但其实我并不会用。一个二十岁出头的姑娘一夜间被硬生生投在遥远陌生的地方，食物口味的差异，人情世故的差异，诸多不适应，竟然开始伤感。但我一直是个运气不错的人，就是在我成长过程中，在我困难时总会有人向我搭手，年纪愈长我愈发明了这件事。所以在那时，一位同事姐姐依然如此出现，一同实习的姑娘比我热忱嘴甜，但这位同事姐姐偏偏喜欢我一副"生人勿进"的倔强冷面孔，主动向我抛出橄榄枝，甚至得知我在伯伯家诸多不自在后，主动邀请我去与她同住。

搬到姐姐住处后，每天则可以走路去上班。同时姐姐打开了我对女性世界的新认知——香水、口红、裙子、高跟鞋……姐姐扯着我的胳膊在浴室里，啧啧称奇，她说："你一个小女孩儿汗毛怎么这么重，来，姐姐用蜜蜡帮你撕掉"，我立马抽回手说"我不要"。

我喜欢从姐姐住处到公司的那一程路，民居街道两旁茂盛的紫荆和杧果，有一条河，虽不清爽但远观还算不错。然后走到大路上过天桥，折下来到办公区，写字楼、超市、餐馆。通常我是最早到公司的一个，其他人一般午饭后一点多才来公司打卡，我通常十一点左右到公司。

实习生没有工资，好在稿费可以拿到两三千，再加上家里时时贴补也算够活，每次出去玩儿几位姐姐都会把我的份子A掉。工作清闲得很，当时主编一个人一周屯的稿子基本就够杂志派上一个月，所以编辑姑娘们有大把的时间和精力去喝茶、逛街、娱乐、买衫。

贯穿我整个青春的是南国的潮湿和茂盛草木的香气，以至于很多年过去了，我依然觉得另一个我被投放在了那里始终不曾走出来。姐姐终日以"调教"我的姿态陪伴我，看我跟初恋男友异地好了吵吵了好，分分合合，把日记写了撕撕了又粘起来……

我记得那年夏天"快男"火爆全国，编辑部主任在办公室听着陈楚生，一边抽烟一边泪流满面。不久后，姐姐离开广州去了北京，我回学校办毕业手续，手续办好后回到广州租了姐姐原本住的房子。

院子里有高大笔挺的广玉兰，花朵洁白，叶子肥硕，我喜欢它们在雨中的样子，像青春的样子。再后来我搬到了员村的一处公寓，电梯楼比楼梯楼大概贵了六百元，最后我选了楼梯楼，七楼。公司办的新刊以失败告终，为此而招的实习生也便都没留下，一时间我不再需要去上班，便也很少出门，几乎一周出门去超市采购一次。吃得少，睡得也少，只是烟抽得多。

对门房间住了一对年轻夫妻，他们的小姑娘教得很好很有礼貌，我搬来的那天女主人敲我的门问我可不可以借用下电话，小姑娘则表示对我养的鱼感兴趣。那时的我既闲又过度敏感，便猜想他们一家是哪里人。小姑娘正在学粤语，我不知道她的家乡语言是哪一种，猜想她多年以后会不会忘记。那是我生命中第一次，如此明确地体味到了"异乡人"这个概念，是种情愫，更是种情感，是我对面房间里的七八岁的小姑娘教给我的。

长沙

很多年过去，直到今日我仍会不停地想起南方城市，或许因为我潜意识里认定我所有的青春都留在了那里。

租住的地方离两所高校都很近，经常饭后去校园里散步或打球，也常去学校里的书摊和自习室。更多时候，是在阳光下的长椅上坐着发呆。晚秋，微寒，阳光却依然灿烂，闭上眼睛听得见枯叶落下的声音。

那时我与初恋男友刚刚分手，记得我送他离开的那天傍晚，起了很大的风，气温一下子降了下来。一个人，两个人，再到一个人，体重也一度达到成年后最低。

有时想想会疑惑我当时的生活状态，一个人在一座完全陌生的城市，辞掉工作，也鲜少社交，几乎不与外界有什么关联。内心平静，但带着极大哀伤，与今日几乎判若两人。也有一些酒肉朋友，闲聊扯淡，算不得亲近。那时的我，几乎跟任何人任何事都算不上亲近。多年以后，方明白，此前种种难以名状的哀伤和疏离其实是一个年轻人凝视宿命和人生时一直延续的犹疑困顿，如在笼中。

把对人对事的热情全部封锁关闭，酿成身体内细胞的眼睛，用来观察风、观察光，感受温度、湿度，隔着十几层楼努力辨认马路上行驶车辆的声音。

沉浸其中。毫无意义。

我的身体默默改变了储存记忆的方式，从大脑转移到身体，唯有在相同相似的光影和季节里，那些过往情景才会像拉洋片儿一样再回现一遍。我貌似从中体验到了轻松的好处，此后，便由此延续。

结果便是，南方或青春一直锁在我的身体里。

成都

最近半年里去了两次成都，忽然意识到我在重新认知这座城市——清澈、悠闲、巴适、慵懒，处处是我喜欢的银杏树和各种小吃。而在我的记忆中，它暗灰了十年，如在重霾之中。

冬天去时，姐姐（便是在广州时关照我的姐姐）问我想去哪里玩儿，我说我哪儿都没去过，姐姐说："你之前可在成都住过好一阵呢。"我说我那时毫无心情。

然后姐姐说："宽窄巷子？春熙路？川大？文殊院？九眼桥？武侯祠？锦里？"我想了片刻，答复是："我好像都去过……"

看，人的记忆果然会选择性消失的。

记忆里的成都冰冷潮湿，几乎这是我对它的所有印象。吃不饱的白米饭，辣子过重的每一道菜，昼夜颠倒，蜀道之深如在边城。那也是我人生的边城，以致时隔十年，我才敢再次踏足。

窝在姐姐家的沙发里，我们语气平淡地聊起故人，姐姐说："以后常来找姐姐玩儿吧，我要彻底刷新成都给你留下的印象。"

姐姐在烤鸭店买了鸭心鸭翅和其他素卤留我回京吃，我在路边阿婆那买了大捧花揽在怀里等她排队买糕点，蓦地想起十多年前的夏天，我们于广州的街头也是这般。我望着队伍中的姐姐傻笑，十年过去，她依然穿十厘米的高跟鞋，我依然是她眼中憨傻的"小朋友"。

真好。

爱恨消散，故事淡去，城市归位成它本来的样子，因它自己的可爱而可爱。

再后来，我从南方到了北京，只因在北京的好友说："你别自己折腾了，回北方吧，大家有个照应。"竟没想，一待数年，再未离开过。

对于这座城市，已成习惯。尽管时不时还会想着出去放风儿，但大抵走上一周左右就会想回来。在深圳时见一位老朋友，两人相识十多年，他说一个人对于一座城市的认同感，不是因为出生地或生活了多久，而是一个人最重要的"自我塑造"阶段与那座城市产生了最直接的关联。这座城市，便因此与众不同。

相较在南方的那几年，北京将我训练得日渐沉稳平静，从青春的理想哀绝里下沉扎根到生活的日常，守着春花秋月，伴着柴米油盐，一个人过得平淡自怡。

这是时间的魅力。

也是时间的仁厚。

老 房 子

　　到北京八年，一直住在西边，相对东边商业性地标的风格，一直喜欢西边相对安静生活化的居民区，有一种实实在在细细碎碎过日子的感觉。

　　刚到北京时跟朋友一起住在一个部队的家属院儿里，大三间，六个姑娘住。周围没有高楼，便很容易看到附近住宅楼的楼顶，上面架着老式的天线，那时候雾霾还不严重，经常有一朵云挂在上面。

　　房东老头儿人很好，年轻时是部队里吹小号的文艺兵，后来退下来，老头儿自己也住在这个单元里，偶尔在楼道或院子里遇见会问我们有没有什么需求，或者直接说家里有什么东西闲置下来问我们用不用。

如果不是突然被"抄家"的话，估计我们还会在那儿住得久一点。

某天，忽然来了部队的人，说部队分下来的房子禁止对外出租，限我们三天之内搬出去。我们没遇过这种情况，第一反应是"开玩笑""吓唬人"，怎么可能三天内找到房子搬出去，所以压根儿没当回事。结果，部队的人第三天真的来家里抄家，强行让我们搬走。

几个姑娘在各自的亲戚朋友家借宿一宿，第二天火速找房子，新房东很精明，甩掉中介直接跟我们签了约。房子比之前小了很多，两居，因为有两个姑娘搬走了。依然是老房子，老小区，院子中央有一棵不知长了几十年的树，一棵树的树荫便可罩住小院儿的中心区，孩子们的打闹声便每天傍晚从那里传过来。

房东是个有洁癖的人，房间里的窗户用八十年代风格的白蕾丝罩着，便一下衬得时光古旧。周末的时候我便经常赖在床上读诗，然后听邻居家不知哪个少年或少女弹琴。我想象那也是一架老式的琴，木壳，白案，脚踩下去有一种扎实的韧性，就像小时候音乐老师弹的那种。

后来，我们搬到马路对面的一个小区里，一住很多年。同住的人不断减少，姑娘们都长大了，有了各自去向，流进每个人自己的轨迹里去。我开始在周末的时候下厨，厨房明亮狭长，窗前有棵比楼层还高的老榆树，我曾试着打开厨房的窗户踮着脚去撸榆钱儿，可惜够不到。

楼下也有大棵的榆树，一到春天发榆钱儿的时候院子里的老邻居会拿竹竿往下拨，说要晚饭包饺子做馅儿。我还是头一次听说可以拿榆钱儿包饺子，便上网查了查，发现竟然还可以拌白糖吃。

我是从那时候起开始正式喜欢"下厨房"这件事的，经常在厨房里等着一锅汤，靠在白瓷墙壁上看书。时间变得可视，好似沿着蓝扑扑的火苗，也好似沿着冒泡儿的砂锅边沿。《好好地吃一朵西蓝花》那本书里有一篇仔细地描述了这种心情，一种缓慢的、静好的，好似年代回返时光凝住的心情。

我经常为了找这种心情跑到鼓楼旧街那片儿去，看平均年龄70多岁的老大爷们儿一个个精神抖擞地下水游泳，看他们坐在河边钓鱼，看早下班的人响着车铃儿转过胡同的尽头。

老人。老狗。老猫。老树。老街。老房子。

许是从小由爷爷奶奶在乡下带大的缘故，对这些老的有年代感的事物都觉得分外亲切。一个人心情不大好的时候，便去河边走走，或坐在台阶上看着行人路过，看一片柳树的叶子如何落下，如何无声地飘进河里。

偶尔跟朋友闲聊时会提起 80 后与 90 后两代人的不同，相对 90 后的直接和高速，80 后一拨成长起来的人会显得相对迟缓，甚至有一点笨拙。整个社会背景的发展横穿过我们的青春期，在那之前，一切缓慢的、老法儿的，人也跟着迟缓。记得读小学时还没有双休日，每周周日休，周三下午休半天。

有人说 80 后一代人总体显露出一种忧伤的情绪，我想这是有迹可循的。我们的青春期刚好裹挟在中国社会飞速发展转型的 90 年代，一夜之间，好像这世界多了许多新去向，多了许多我们不熟悉并且不能飞快适应的东西。对于生活，这是一种方式的转型，对于个人，这是一种思维的转型，同时，也是情感的转型。

在那之前我们还交过笔友，还相互写信，还要排队去公用电话亭打电话。"想念"和"牵挂"这些词便显得绵长而有重量，更小的时候家里电话也没有，爷爷要写字条托人给我爸妈捎去。

一切，不便捷的，不确定的，却充满期盼，因为期盼，便显得生机勃勃。

木心先生的《从前慢》是我特别喜欢的一首诗：

记得早先少年时

大家诚诚恳恳

说一句　是一句

清早上火车站

长街黑暗无行人

卖豆浆的小店冒着热气

从前的日色变得慢

车，马，邮件都慢

一生只够爱一个人

从前的锁也好看

钥匙精美有样子

你锁了　人家就懂了

　　我想这首诗是对"念旧"的人最精巧的诠释，那种古旧、那种慢、那种等待都带着忐忑的伤感，而且是拙朴的伤感，你很难将之转移，甚至为此伤感一生。

以致多年以后，我依然是个愿意住在老房子里的人，希望有老院子老街坊，哪怕没有老院子老街坊，至少，窗前有棵老树也好。它经过风霜和故事，它带着它的秘密站在那里宽慰着窗前一个年轻人的伤感。

邻　　居

　　城里人是没有邻居的，倘若你觉察到自己有邻居，多半是发生了让人不愉快的事情。打孩子、骂老婆、夫妻吵架、幼儿哭闹、上了年岁的人惊心动魄地咳嗽……这些一墙之隔的事情，作为邻居，你几乎是全程"目击"的。更有甚者，比如女主人在房间里跳绳的，之前楼上就住了这么一位。

　　夫妻关系的不睦，便也由此可窥。我之前无论是住在成都还是长沙，甚至到了北京，左邻右舍楼上楼下中总有夫妻吵闹打架的戏码，丈夫摔东西发吼，妻子又哭又骂。

　　虽过了这么多年，却一直记得在长沙时每天夜里必上演的一幕，堪称经典。公寓楼，一层十几二十几个房间，中间的隔墙形同虚设，隔壁有个风吹草动听得真切得很。

那年代还没有"微信"这个玩意儿，大人孩子多玩QQ社交。起因大概是丈夫在QQ上对一个女人殷勤，妻子闹，丈夫起初安慰，无果，妻子咆哮摔东西喋喋不休，最后丈夫动手了。我拍了身旁的男友一下，说"以后我们不要吵架了"，男友眼神询问我，我指了指隔壁说："太丢人！我才不要邻居免费看大戏！"

后来换了一套复式的公寓，依然是一层有很多家，斜对面的一户几乎每天傍晚吃饭时都要闹上一场，男女主人猛烈地谩骂对方，孩子在一旁号啕大哭。

每次，我都替他们精疲力竭。

搬到北京后，这样的邻居依然不匮乏，吵架、摔东西、摔门。但与此同时，也多了一些有趣的邻居。

比如，练钢琴的。那时租住的小区较为老旧，还是80年代的院子，每到周末下午，不知从哪里传来钢琴声，颇为流畅，在这鸡飞狗跳柴米油盐的日常里，听来甚为安慰。

印象最深的，是住在12号院时楼上的男孩儿，他喜欢唱歌，不分昼夜。那时《中国好声音》刚出第一季，处于渐被观众关注和喜爱中，我平日是个不看电视也不很沉迷网络的人，偶尔坐到电视机前，竟发现好多参赛歌手的曲目我都能跟着唱下来。这必要归功我楼上的小邻居。

那段时间，我跟朋友甚至觉得与这唱歌的小伙子血脉相通，想想夜深人静四下无人，忽然有人高歌起来，最紧张的是每每他要唱到高音时，我跟朋友都跟着嗓子一紧，生怕他唱不上去。果然，降了几个调，继续唱。我跟朋友对视一眼，在房间里哈哈大笑。

相对其他地方，北京绝属一座市民兴趣广泛的城市，爱好才艺者甚多。现在住的楼里，每到傍晚时亦有练架子鼓和小提琴的，应该是初学者，尚不够连贯流畅。

邻居间脸生，都是一脸戒备，但不代表生活社区周遭没有熟人，快递员、送水小哥、菜站水果店的大姐，甚至公交站定点维护秩序的阿姨，常常接触，便成了"熟人"，碰面除了买卖交接总要寒暄几句。

几家快递的派送员已知道我的习惯，派件无人在家时，便直接拉开厨房的窗户帮我把包裹塞进来再随手关上。每次换了不同耳夹去搭公交，公交站的阿姨必要"品鉴"一番。遇到热情一些的，对方还要送个苹果梨子给我。

自打公司搬家我改了上班线路后，每日早上便不再去原来的公交站等车，总觉得好似辜负了协管阿姨的热情。

像我们这些离家独居在外的人，有种隐蔽的心理——贪恋陌生人之间的那一点暖，觉得欣慰，但也并不靠近，并不占有，并不想更近一步，反倒是过于亲密的关系或走动，会让我们喘不过气来。

我有时躺在沙发上胡思乱想，如果家家户户之间没有墙会怎样？那就糟了，所有空间都成了"公开场合"，那恐怕每个人都要累死。

有了墙，关了门，这便成了一方"私人寓所"，一个"私"字代表了自由。你可以不用衣着光鲜妆容整洁一丝不苟，可以松口气让肚子上的肉滑下来，可以不梳头不洗脸不起床，可以没日没夜地看电影或者打游戏。

这些放纵，便成了关上门后最快乐的自由——你不用再紧绷扮演一个优化版的自己，甚至丑化点儿也无所谓。

作为一名女性，对于文艺作品中描写的那些即便一个人在家也是红唇、长眉、卷了头发、修了指甲、穿着夸张而好看的家居服和复古尖头皮拖鞋的美人们欣赏不已，也着实喜爱，换到自己，喝了杯果汁又趿拉着拖鞋回到沙发上继续自惭形秽去。

　　如果可以，我倒是希望自己有这样一位女邻居，每天擦身而过，都能闻到她馨香的身体乳的味道。但我的邻居不是这样一位又美又优雅的女士，而是某日穿着花裤站在走廊里向屋中咆哮的大妈，大抵是老两口儿赌气，大爷把大妈关在了门外，但听大妈怒吼："你就让我在走廊站着？不给我开门？你是不是我老公？是不是我男人？"僵持了三五分钟，大妈进门了，两人继续吵。若是年轻人这般闹会觉得无聊，到了这个年纪，竟觉得有世俗的欢喜，浓艳得很……

　　而隔着西墙的人家，总是静悄悄的，我猜是住了两个老姐妹，我有几次见过她们一起出门，唯一的声响是周末家中有儿孙来探望，小孙子每次临走时都会脆生生地说一句："奶奶再见！"

　　我在微信上跟两个女朋友讲起，女友灵敏，问我："你想说啥？"我说："我们老了这样也不错呀……"女友说："我们还是努力赚钱争取老了弄个带院子的房子吧……"

旧　　城

因工作缘故，时隔了七八年，再到厦门去，也便再去了鼓浪屿。工作之余，选了住在内厝澳，安置好入住后便出门走走。疫情缘由分外冷清，已不若当年模样，一栋栋老别墅老公馆还是多年以前的样子，有些院落里甚至连挂牌都没有换。之前去，感觉是座旅游城市，而今故地重游加上人少，竟有一种又熟悉又落寞的感觉。

她就像个时光里日渐老去的妇人，长久地伫立在那里，面容祥和不动声色，神态里带着一些倦意，却又没有开口倾诉的意愿，一切都是安静的，街巷、时光、楼阁。多年前去时，住在鼓新路上的宫保第，资料里写是雾峰林家第五代传人林朝栋所建，当年法国侵入台湾，林朝栋率领雾峰乡勇两千多人一起抗敌，其夫人杨萍巾帼不让须眉，率领乡丁六千多人助阵拼杀。事后，林朝栋因战功升为道员，杨萍受封一品夫人，夫妻二人也是一段佳话。

那时我与一位好友住在里院儿，也就是在院子里另搭建的木屋民宿，并非住在主楼里，两人终日吃吃逛逛拍拍买买也算快活，还记得出门前她跟我说："你画个眼线，拍照显得精神"，我说我不会。于是她给我画，又给了我一双她的丝袜。一晃眼，旧城还是旧城，老宅还是老宅，而我们则从二十多岁滑向了三十多。

经济不景气，外来租客搞民宿开餐馆的也便退去太多，多半成了家庭式餐馆，家家门口立一个菜谱大招牌，女主人站在门口软声软语一脸亲切地介绍。某日我起得早，想出门觅食，没想到早到连早点铺都没开。于是沿着小路漫无目的地走，五金店、杂货铺、古董铺、民宿、酒店、居家住户、菜市场……在菜市场买了两只番石榴两只释迦果，提着回来时，太阳也便升高了许多，早点铺开始营业，已坐了好多人。

想吃地道的姜母鸭，但没当地的朋友同往，便无从知晓到底什么味道才算地道。倒是一家角落里的网红小店专卖的杧果糕和榴莲糕好吃得很，店面大小也就七八平，老板一边装袋一边用很骄傲的口气说："我家小店可是很有名的"，我忙应声"知道知道"。因确实好吃，临走前又复购了好多带给朋友。

错过番婆楼上午场剧目便窝在房间里闲坐，闲坐听风，店家在门上挂了风铃，南国的初冬虽没有北方的萧条模样，风里还是带了凉意，这凉意便有几分道别的意思。人与人的道别，时代与时代的道别，一代人与一代人的道别，团坐在阳光里，竟有隔世之感。

夜里风大时，门外风铃响个不停，窗外的竹林也哗哗作响，有些武侠片的味道。因是竹屋，榻上便见得几只蚂蚁，我小心翼翼，怕它们咬我，更怕我一个翻身不小心错杀它们。

跟友人说想在半山腰上有自己的屋舍，这是我一直以来的梦想，要在不太冷的地方，冬日里有腊梅窸窸窣窣攒动一点点开起来，四季里竹子都不会干枯发涩，养鸡养鸟也养狗，某天夜里一只迷途掉队的鸟闯进来，于是也成了一员。又一年，它与大队重逢时再离开。

朋友说，你总是爱想这些东西。是啊，光是想想就感到幸福了，现代城市像一个迷宫，大家终日在其中奔走，它四四方方，看似通畅，但你怎么走都走不出去。

当年与我同游的朋友已婚嫁，前几年生意做得风生水起赚得盆满钵满，近两年因疫情竟几乎全赔掉了，当年多购的房子和车也基本卖掉。不久前见过一面方听她提起，她说别提刚开始那段时间多难挨了，几乎天天有人堵上门要债。说这话的时候，她已从那段艰难惊恐的时光里爬了出来，又成了那个爱大笑爱健身爱组局的火辣姑娘，她说："要么还能怎样？总不能去死吧，欠人家的就慢慢还呗。"

人生之起伏，竟如云舒云卷般平常，峰回路转从不听人意，好似上天自有安排，如此行在人世。再问，哪里又是归路？

往昔已混沌，明日未思量。且走且看吧。

我朋友圈里的一位"特殊朋友"

在我发的朋友圈中，有一些人是频频互动的，我深感他们对我的关爱。其中有一位，比较特别，是一位已经故去的朋友的母亲。

这位朋友年纪与我相仿，当年给某杂志写稿件时，我们俩前后排了两期新人推荐，因为同在一个圈子便也半熟不熟地认识起来。因为年纪差不多，再加上"出道"时间也差不多，多少会有些暗暗比较的心理，至少当时的我是这样。她的名字叫沈熹微，文字尤其好，如果说我的文字已经冷淡，她的则比我的还要冷淡，我有些忌妒她比我还要疏离的态度。文字的比较，倒在其次，那时候年少单纯，总认为文如其人，所以我一直认为她是比我在现实里更疏离冷淡的人。

2007 年冬天我从北京到成都，我们匆匆见了一面，是在一家 KTV，白皙、瘦小、眼神明亮不羁，她把套着马丁靴的细腿抬到案台上。而那时，我是穿娇黄色厚重棉服的姑娘，一比之下，毫无成年人的姿态，加上当时我在小病中，面色苍白。后来，很多年后，我们彼此形容那一次见面，她送了我四个字"残花败柳"，我在东三环的医院里呸她，亏她想得出来。这便是文青的交流，直接，直接得近乎冒犯，但彼此心里清楚都不会放在心上。

在医院里再见时，她已病得厉害，那时才知道数年前我们在成都见时，她就病着，只是那时看不出来。家族遗传的难症，时至今日我已记不得是什么病，在京又见时她已病得有些佝偻，痛到关节弯曲变形，身上都是淤紫。常有人去看她，但她并没有很多精力，所以在她在京期间，我们也只是见了一次。

之后，她出院，回昆明家中养病，依然写书，偶尔闲聊。因已认识多年算是并肩成长的朋友，虽不热络但却比其他人要可信亲切，她的烦恼基本上是她的病痛，而我的烦恼则基本上是我的感情。在她的清冷前，我则显得混沌茫然，她往往总是最后打趣我"亏你写字伶俐，怎么现实里这么糊涂，你脖子上顶着的是团花椰菜吗"？

时至今日，或许我依然有"花椰菜"遗毒未清，有时做事分裂得很，数日前有个姑娘摊着我的掌心说，你看，你明明是个明白机警人，怎么偏偏又由自己犯糊涂，你这样要有多少折损？我固然是知道这种折损的，但我无法统一调配，一个极强的感性的我和一个极强的理性的我并存，随机切换，互不相让。

纸媒时代消殒后当初一起玩儿的一大堆写手便也日渐断了联系，有的写出来成为畅销书作家，也有成知名媒体人、网红KOL、微博大V的，也有一些不温不火但还在写的，比如我、比如熹微，也有固然写得好但已转行放下的。因那几年我在做出版，与大家的关联倒还算多一些，签了熹微两本书稿，偶尔催催她，她偶尔会跟我玩笑说，可能写不完人就没了。

那时她的身体已大不好，急救已发生过几次，出行已靠轮椅。她是家中独生女，父母待她很好，很宠爱她，即便身体状况如此，还是会尽量带她出门，她坐在轮椅上瘦得好像只剩身上的绿裤红衫，但笑容依然清透。

已进冬日，冬日总是难熬，有一天晚上十点十一点左右，她说："你加一下绿妖老师的微信吧，如果我有什么不测，之后诸事她代为处理。"我问她还好吗，她说怕是很难了。那几日里，我没有联系她，越到最后，越是不敢问，怕问到的是噩耗。

直到某日我生日，约了一大堆朋友在 KTV 唱歌，站在楼下等出租车时，收到一位共同朋友的微信，内容简短，问我"知道熹微走了吗？"我站在原地，有些缓不过神来，虽然心里也早有预料，但忽地就发生，还是让人难以接受。刚好那时也是歌手姚贝娜去世的前后，虽生老病死在这世间每日轮回，但一些与自己年纪相仿的人蓦地就这么离去，心下难免戚戚。是那时候，加了熹微妈妈的微信，不知说什么合适，那是她最艰难的时候。

想必世间最痛，是"丧子之痛"，虽然父母离世为人子女也是伤心的，但那种伤心想来与父母丧子其实是不一样的。我们在父母老迈的过程中逐渐接受他们终要离开，但身为父母，是难以面对和准备自己要看着孩子先离开的。纪录片《掬水月在手》中叶嘉莹提到自己方生了俗世之心渴望做外婆，期待女儿女婿能生孩子她好帮忙带，结果女儿女婿车祸双双离世，叶嘉莹说想必是自己动了这念想就是贪的。

人生在世，真的有命中注定一说吗？或许是有的。至少这种说法在我们最艰难的时候，会给我们一个开解的出口，但即便如此，艰难依然是艰难，煎熬依然是煎熬，痛苦依然是痛苦。最开始时会去看看熹微妈妈的朋友圈，一晃数年过去，看她又日常一样生活，但其实深知是不一样的，是回不去的。

我每发朋友圈，熹微妈妈都会来点赞，还会留言给我，我们很少交谈，但她对我来说，是个特殊的存在。有一天我们在回复里简单说上两句，她说："我一直很喜欢你"，而我从未对她讲过的是，我希望有一天我的落地讲座可以到她的城市去，可以邀请她来，可以散后请她喝茶陪她散散步。

她于我，是一位已故朋友的母亲。

我于她，是已故女儿的一位朋友。

主　治　医

　　我相信人与人之间是有缘分一说的，有的深些，有的浅些，有的长久，有的短暂。但不管怎样，有些人进入你的生命中，像水滴从檐上滴下，是注定的事情。

　　王主任作为我的主治医，已经三年了，在遇见他之前，我也先后问诊了其他医院的几位医生，年纪比他长，资历比他老，人比他傲慢蛮横。中国的病人怕医生，是个背后值得深思的事情，好似我们的医生已经习惯了病人对自己的怕，错以为越怕越权威，习惯了对病人的横眉冷对。

　　在遇到王主任之前，其实有人向我推荐过他，说他医术好，更重要的是为人和蔼，但之前问诊的病人也已经是十多年前了，所以他是否还在妇产医院或者到了别的医院并不确定。我作为备选挂了妇产医院的号，取到号之后，才发现主治医的名字就是他，也算是峰回路转的遇见。

相对之前几家医院医生的煞有介事和态度冷傲，他可算是十分亲切接地气。他跟我说："小姑娘，你这个年纪肿瘤一般不会是恶性的，但就算是恶性的，你应该是发现最早期的，所以不会有什么大事，别害怕，我给你尽快安排手术。"因此，我对他印象颇好，之后的治疗方案基本全交由他做主，问我什么，我都说好，恐怕我也是他遇到最好说话的病人，他忍不住反问我："怎么我说什么你都说好？"我答："你是医生，我是你的病人，所以当然听你的。"

某日复查，我不知道他要给我开验血的单子，开过后他问我你吃饭了没有，我说吃了一块巧克力，他说那不多，你去验血吧，问你就说空腹，我点头说好，好似我们瞬间结盟。

病理出得很辗转，第一次病理没有问题，于是我喜滋滋地跟猎头聊下一份工作的事。结果两日后又接到医院电话，说还有一份病理，是恶性肿瘤，也就是我们常说的癌症，让我去医院找王主任。

王主任仍在他的常用办公室里，因妇产医院是老医院，当时不像其他大医院日常秩序规范（目前已规范许多），经常一位患者还没看完，下一位就已经挤进来。当时喊我进去时，里面还有三四位阿姨，看样子五六十岁的样子。王主任坐在位置上，叹了口气说："一个好消息，一个坏消息，坏消息是恶性的，需要接着治疗……"身后阿姨们一片啧啧，纷纷感慨"天啊，怎么这么年轻……"王主任接着说，"好消息是没有扩散，选择放疗就可以了，不用化疗，不用担心掉头发。"身后阿姨们又齐齐感叹说"真好真好，不严重就好……"这场景我事后跟很多位朋友讲过，可算甚是喜感。

　　每月至少一次的开药，三个月一次的烦琐复诊，如此频繁的接触，我和王主任迅速建立起"革命友情"。那时还没有疫情，我便去时偶尔带些零食、点心给他，清明的青团、平安夜的苹果、隆冬里的柿子饼，我想这是日常里人对人的一点甜。后来疫情一来，便不再带吃的，某日问诊前我问他口罩够用，他说医院一天只发一个，我说那我给你拿一些。

　　王主任年纪没有我父母大，北方人的客情，我妈每次见到王主任总再三强调说平时父母不在我身边，拜托王主任对我身体状况上心些，恨不得当成自家孩子。这当然是虚词，但也足可见对于我这种情况，病人和主治医的关系其实关联紧密。我知道像我这样的病人他还有很多，但他是我的主治医，也便从内心生出很多亲切，每次复查问诊都要闲聊几句。

他是我见过难得的态度谦和说话又实在的医生，给患者和家属许多信任感，这对于病患来说尤其重要，以至于每次复查我排在他诊室门口时，基本成了他的义务宣传员，安抚其他病人，推销王主任。

我朋友不解为什么我家旁边就是三零一医院，我偏要跑那么远去妇产医院——因为那里，有与我有紧密关联的人啊，每月一次的开药，倒像是去见一位老朋友。他问我好不好，我问他好不好。作为病人，我是否不适，作为医生，他是否辛苦。

我始终记得手术后养了一段时间，他说你得锻炼，体质太虚，我说伤口不怕扯到吗？他说不怕，扯不到伤口，你就该咋活动咋活动吧，多活动。每次复查拿片子，他一边看一边说："你恢复得很好，各项都很好"，我说："我有个肺部片子显示有问题"，王主任说："没关系，我肺部片子也有问题，这都不影响，不是什么病"。

真希望这种豁达乐观，能传给他经手的每一位病人，让大家在病痛中少一些担忧和恐惧。

结　　语

你无法拥有一树花开

春回大地，天气又暖，看到网上南方网友们纷纷发的照片——桃、樱、梅、兰又都开疯了，庭庭院院漫山遍野，坡上、竹边、水边、廊边、窗下……而北方此刻的春，还在昏昏沉沉中，大抵在蓄势待发。

尤其喜爱诗人张枣那句"只要想起一生中后悔的事　梅花便落满了南山"，于是在脑中勾勒出一株梅树，长势巨大，独木成林，它在南山的坡顶，或许离坡顶还有那么一小段距离，漫山遍野的花都没有开，只有这一株梅树。

不常有人来，因不是花海烂漫的时节，偶有一个人走到深处，遇见了这株梅树，一时惊觉竟已花开成海。它大抵就是这样的存在，在山路深处，如此热烈地兀自开着，跟看客无关，跟镜头无关，跟赞叹也无关。

有一个说法，人对于美的东西总想私藏，总想独自拥有，但对于过于美的东西，却忍不住本能地分享。这个偶然途经一树花开的人，有没有忍不住分享我不知道，但我很确定，他无法私藏。

一个人无法私藏无法拥有一树花开，哪怕，这棵树就长在他的庭院中。

前几日跟一位老友聊天，他说："我们很多事情都看似拥有，其实不然，我们根本无法左右。"听来怅然，他又说，"那不如就享受。"想拥有想左右的心总是累的，事实上我们也无法真正拥有和左右什么，一旦事与愿违难免心生怨恼。而享受，则是你尊重它就是这个样子，如一株梅树，不是所有的枝丫都美得角度刚刚好，但它在那里，你惊叹它的一树繁花，更不必想着掏出剪刀修剪枝丫，如此便好。

园林中的花草盛开时，总是人满为患，因为每个人心底都有"一期一会"，赏一赏樱，意味着春天来了，赏一赏荷，意味着夏天来了，赏一赏银杏，意味着秋天来了，人们在不自觉间奔赴着一场一期一会，有时因人多喧嚷拥挤难免心生厌倦，但想想每个人都在本能地赶赴这一期一会不正是美妙之处？

我们看似不得不共享很多东西，但在神经末梢的另一端，它牵引着每个人不同的感受和体悟，幻化出千万生相。而在不同的生相之下，我们各自体味着孤独，又因偶有碰撞而得共鸣慰藉。

这本书零零碎碎跨了四五年，中间有很多变化，比如四五年前奶奶还在世，而今，已经不在了。比如四五年前我的身体还健康，而今，也出了问题。比如四五年前我在厨房里能待上一个下午觉得安心，而今，也不能了。诸事，皆在变化，变与不变，没有好与不好之说，青春有青春的好，少不更事有少不更事的好，成长有成长的好，世故圆融有世故圆融的好。

作为一名作者，一方面很怕有人拿出你过往写的东西说"你看，你当时这么说的"，但另一方面细想一下，倘若真是如此场景，也难以避免，也并非什么打脸之事，而是需诚恳地承认自己在变化之中，倘若自己认为这变化是成长便是所得，倘若自己认为这变化是堕落那倒要再想想了。

上一本散文书截稿是在 2015 年的除夕，记得那年除夕我和妹妹在国子监，我穿了一身中式红衣拍了几张照片。也隐约记得当天手边泡的花茶和夜里遥远的焰火。一晃，竟已经过去五年了，好似发生了很多事情，又好似什么都没发生。我跟朋友说，竟有点舍不得截稿，朋友问为什么，我细想一下，大抵有一把将这一大段时光都交出去的感觉，这说法当然牵强，与稿件无关，与书写无关，与记录无关，一大段时光早就过去了，只是我们误以为它还在。

因此，终要有始有终，在此感谢签约了本书的编辑和出版方，让这些文字有机会出版面市，更感谢读者选购阅读，愿在此中我们偶有共鸣彼此慰藉。最后，谢谢一路走来，陪伴关爱我的家人、朋友，包括不太相熟的网友。

谢谢你们路过我这一段时光。

花雕现底，人世绵长。此期做结，后期再会。

2021 年 3 月　北京

乔迦